石川啄木と労働者

——「工場法」とストライキをめぐり

碓田のぼる

本の泉社

目次

第一部　石川啄木と「工場法」

第二部　石川啄木とストライキ

第一部

石川啄木と「工場法」

(1) 小樽から釧路へ
――社会主義への無関心の呪縛をといて

「労働者」「革命」などといふ言葉を
聞きおぼえたる
五歳の子かな。

啄木はその生涯に、肉体労働者を体験した事は一度もない。二十一歳の時の徴兵検査は、身長五尺二寸二分、筋骨薄弱で、兵役免除となっていた。富国強兵をスローガンとした明治帝国主義の軍隊も、啄木のような虚弱者は使いものにはならないと、門前払いをしたのであった。それは、啄木にとっても、日本の近代文学にとっても、仕合わせな事であった。
こうした肉体的条件をもった啄木が、「労働者」という言葉に、人一倍の大きな関心をもっていた事を、この歌は示している。労働者こそ革命の中心であることを、早熟な啄木は、ヨーロッパやロシアについての書物の、旺盛な読書によって承知していたであろう。
日本の変革を目指す、社会主義運動は、明治三十四（一九〇一）年五月十九日に、片山潜の主唱のもとに、幸徳秋水、木下尚江、西川光二郎、安部磯雄、河上清らによって、「社会民主党」が結成された。それは、「無産階級が希望を双肩に担える日本最初の社会主義政党」（荒畑寒村『日本社会主義運動史』）であった。時の藩閥政府の第四次伊藤博文内閣は、弾圧を加え、即日、結社の禁止・解散を命じた。伊藤はすでに五月二日に辞表を出していたが、次期第一次桂内閣の発足（六月二日）までの「死に体」内閣ながら、この弾圧を強行したのである。運動は、挫折はしたものの、社会主義運動、労働運動はねばり強くたたかわれていく。

明治四十二（一九〇九）年十月に、石川啄木の妻の家出事件があり、啄木は精神的な大きな打撃を受けた。この事件は、啄木伝記の上だけでなく、啄木の思想と文学にも、大きな影響を及ぼしたものであった。のちに、啄木が、宮崎郁雨に送った手紙で、「去年の秋の末に打撃をうけて以来、僕の思想は急激に変化した。僕の心は隅から隅まで、もとの僕ではなくなった様に思はれた」と、その時の心情を書き綴っていた。妻は二十日ばかりして啄木のもとに帰ってきた。啄木はホッとした気持で妻と子を上野駅に出迎え、その足で、上野公園で開催中の第三回文展（文部省展覧会）を見た。そこで啄木は、近代日本の彫刻の夜明けを開いた荻原碌山（守衛）の出品作「労働者」に出合った。啄木のもっていない、頑丈そうな肉体と、鈍重そうだが、ひたと前方を凝視している「労働者」は、その時、啄木のもっとも必要とした言葉――「生活」と、大地に足をふまえて進めという「意志」とを感じさせたのであった。

それから二年後、「大逆事件」の真相に向けて全力を集中していた時、友人の弁護士平出修から、極秘の資料である幸徳秋水の獄中「陳弁書」を借り出し、それを筆写したことがあった。啄木が「A LETTER FROM PRISON ‘V NAROD’ SERIES」と名づけたものである。「大逆事件」の真相を後の世に伝えようとしたのであった。

幸徳の「陳弁書」は、「大逆事件」の法廷で裁判官などが、無政府主義などについての知識が余りにも不十分で、無政府主義者を、暴力、暗殺を事とするテロリストのように思っている事を嘆き、この主義の真の姿を示そうとしたものであった。松田道雄は、岩波文庫の『時代閉塞の現状　食うべき詩他十篇』の「解説」（二〇四頁）の中で、幸徳秋水のこの獄中「陳弁書」は、「明治の社会主義者の書いた最高の革命論」と激賞したほどである。幸徳秋水は、無政府主義者は真摯で「読書をし、品行もよし。酒も煙草も飲まないものが多いのです。彼らは決して乱暴ではないのであります」（前掲書、一四〇頁、傍線引用者）と述べている。

この傍線部分は、明らかに啄木の最後の詩「呼子と口笛」の中の「墓碑銘」に描かれた先進的な労働者の上に写《うつ》されている。

かれは労働者――一個の機械職工なりき。
かれは常に熱心に、且つ快活に働き、
暇あれば同志と語り、またよく議論したり。
かれは煙草も酒も用ゐざりき。

この部分から一連おいて、続けた第七連のはじめのフレーズは次のようであった。

今日は五月一日なり、われらの日なり。

この一句は、労働者のあるべき姿、人間としての権利への渇望であったろう。私たちは、もう一度、明治初期からの労働者の現実に立ち帰って、考えなければならない。

近代日本の労働者は、日清、日露の二回の戦争後の資本主義の急速な発展の中で、富国強兵のスローガンのもとで惨憺たる生活状況の中におかれていた。

「両戦争を含むこの期間においてわが国労働者階級の窮状は救わんとしてこれを救う能わず、婦人労働者の結核疾患、職工壮丁の疾病率の増大、三十六時間労働、監禁的寄宿女工の焼死、工場懲罰等々のストライキングな事実が、外ならぬ政府の派遣せる工場調査委員の報告によって、つぎからつぎへと明るみに持ち出され、一般的国民大衆の全面的同情を喚起していた」（風早八十二『日本社会政策史・上』、青木文庫）

右引用文中の「工場調査委員の報告」とは、農商務省刊行の『職工事情』を指したものである。この状況は、世界の一等国を自称し、富国強兵を目ざし、ひたすら欧米を追いこすことを目指した、明治国家にとっての、これは最大の恥部であった。

このような、奴隷的な工場労働者の労働時間や労働日、女性や年少者の無制限な労働などについて、改善することは、国の当然の責任である。そのため、「工場法」の制定は、政府にとっても避けがたい社会政策上の重要課題となっていくのである。

石川啄木が、この「工場法」に大きな関心を示すのは、社会主義思想に接近していく過程と無関係ではない。その足どりをしばらく追って見ることにする。

石川啄木は、明治四十一（一九〇八）年二月四日の夜、生まれてはじめて小樽の寿亭で開かれた社会主義演説会に参加した。それまでの啄木は、社会主義について、無理解であり、時に反感さえ抱いていた。

日露戦争中、啄木は『岩手日報』に寄せた「戦雲余録」の中で、「社会主義者などという、非戦論客がおって、戦争が罪悪だなどと真面目な顔をして説いている者がいる」などといって、平民社に拠り反戦論を展開していた社会主義者の反戦平和論に、非難の言葉さえ投げつけていた。啄木は戦争に熱狂した、明治のナショナリズムにどっぷりと浸《つか》りながら、いささかも疑わなかったのである。また札幌時代の啄木は、「いわゆる社会主義は予の常に冷笑するところ」（日記・明治四十年九月二十一日）とさえいっていたのである。

当時の社会主義運動は、幸徳秋水の直接行動派と、片山潜などの議会政策派とに分裂していた。小樽の夜の演説会の弁士は、社会政策派のリーダーの一人西川光二郎であった。西川は、議会政策派の機関紙『労働世界』の宣伝のため、北海道を遊説しており、札幌、小樽と宣伝活動を続けて来たのである。

西川光二郎のその夜の演題は、「何故に困るものが殖ゆる乎」というものであった。啄木はそれを聞いて、「何も新しい事はない」という感想を書き残しているのは、それほど啄木の生活実感に近いものであって、社会主義を毛嫌いする理由など、さらさらなかったという発見であった。

啄木は、西川光二郎と名告《なの》り合いをし、演説会後の懇談会にも顔を出していた。その二週間後の一月十九日小樽を出発。啄木は雪の石狩平野を横断して、さいはての街釧路に向った。それは啄木にとって、「食を求め北へ北へと走って行く」ようだったとのちに回想している。（「食ふべき詩」）

『釧路新聞』は発足したばかりの新しい新聞であった。啄木は編集長格で政治面もまかされた。啄木は、札幌や小樽での短い新聞記者時代に書けなかった政治評論を書けることに喜びを感じ、全力投球をした。

啄木の釧路時代はわずか八十五日間で、三か月に満たなかったが、『釧路新聞』時代にきわめて注目すべき評論を二つ書いている。一つは、「雲間寸観」と題した政治評論であり、もう一つは「予算通過と国民の覚悟」である。

二篇とも、明治憲法下での第二十四回帝国議会の動きを生き生きと要約論評したものである。第二四帝国議会は、前年の十二月二十五日に召集され、啄木が釧路を去る頃の三月二十七日まで約九十日間の会期であった。

時の内閣は西園寺公望内閣で、啄木の敬愛した先輩原抱琴（達）の伯父にあたる政友会の原敬が内務大臣であった。西園寺内閣は、増税はしないと公約しておきながら、土壇場で増税にふみ切ったため、「内閣不信任案」が提出されたが、政府はこれを否決し、増税案を押し切った。増税案の内容は、酒税、砂糖消費税の税率引き上げ、石油消費税の新設、煙草の大幅値上げなど、国民生活を直撃する重税となるものであった。

啄木の評論「予算案通過と国民の覚悟」は、『釧路新聞』の明治四十一年一月二十一日の第一面巻頭にかかげられた。それは、苛酷な増税案の本質が「厖大な軍事費」であり、政府はその軍事費の「傀儡《かいらい》」であり、「国民こぞってその奴隷とせられつつある」と鋭く警鐘を鳴らしたのである。啄木のはじめての政治評論は、次の言葉でしめくくられていた。

「深く沈思して、帝国主義の妄想を胸中より追わざるべからず。空漠たる妄想を理解してしかる後にすべからく先ず『世界の一等国』なる美名の価値を詮考すべし。われら論じて既にここに至る。ああ国民将来の覚悟はいかん。われら読者の胸中既に多少の感あるべきを信ぜむとする。」

二〇二二年の現在、岸田自公政府は、安倍元内閣の「戦争への国づくり」のための軍拡路線をいっそう露骨に推進し、軍事費をGNPの二%へと拡大することを公然と主張している。この路線は、啄木が主張したように国民が軍事費の「奴隷」となり、生活の深刻な破壊を生むことは明らかである。

明治四十一年、明治憲法下の第二十四帝国議会の予算案の背景に、前年に山縣有朋などにより策定され、天皇によって裁可、決定された「帝国国防方針」があったことは明らかである。その「帝国国防方針」では、「陸軍は平時二十五師団を、海軍は最新式の軍艦八隻と装甲巡洋艦八隻を常備すること」と定められた（板野潤治『帝国と立憲』、筑摩書房、一一七頁）。

それは具体的にはどういうことか、前掲書はくわしく書いている。日露戦争直後の師団数は十七であったから、二十五個師団は八個師団の増設（四七％増・引用者）である。海軍は計算がやや混み入っている。まず「最新式」とは「艦齢八年以下を意味し」、この基準では、日露戦後に基準に合うものは戦艦四隻、装甲巡洋艦四隻であったというから、「最新式の軍艦と装甲巡洋艦八隻」というのは倍増であり、増えた分は「購入するという意味」になるわけである。

前掲書は「『帝国国防方針』は日本の『強度化』により、誕生したばかりの『日本帝国』の維持強化をめざすものでした」（一一八頁）と指摘している。

このような、近代日本の軍国主義の、具体的戦力にかかわる重要な転換点となった、「帝国国防方針」を背景にもった、第二十四帝国議会に、真正面から挑んだ政治評論「予算案通過と国民の覚悟」は画期的評論というべきであろう。それは、文学評論を主軸としたのちの「時代閉塞の現状」とならぶ、時代に真正面から切り込んだ政治評論といっても過言ではない。

『釧路新聞』の二つの評論は、すべて啄木のみの言葉ではないことは想像するに難くない。これまで『小樽日報』などで三面記事を書いていた啄木であった。『釧路新聞』でのにわかな編集長格での執筆であれば、啄木が、政治・経済・社会を論ずるには、多くの資料を必要としたであろう。

また直近のことでいえば、小樽で出会った西川光二郎が、機関紙『労働世界』に書いた政治評論などからの示唆もあったにちがいない。しかし、釧路でのこの評論に通う、文章のリズムや語気は、のちの「時代閉塞の現状」を書いた時の語気に、不思議に似通っている。この『釧路新聞』の啄木の評論に、他の資料による知見が控えている事を考えながらも、啄木の釧路での処女政治評論は忘れがたい啄木の声と、未来への予見が示されることを忘れることは出来ない。

啄木は、小樽の社会主義演説会に参加して、社会主義に対する負の認識が、釧路では正の方向への認識に変化していったことを知る事が出来る。やがて啄木は、文学への心止み難く釧路を去って東京での下宿屋の窓から、「帝国国防方針」にそって兵器生産に狂奔する政府直轄の砲兵工廠のあげる黒煙を眺めることになる。

(2) 砲兵工廠の煙の認識と発展

八十五日間の短い釧路生活を打ち切って、啄木が、その後の人生を、のこすことなく暮らすことになった、東京での生活をはじめたのは、明治四十一年四月二十八日からである。家族は函館に残し、友人の宮崎郁雨に頼る。「今度の上京は、小生の文学的運命を極度まで試験する決心に候」（向井永太郎宛・明治四十一年五月五日）という決意だった。

啄木は、故郷渋民を出て、函館、札幌、小樽、釧路、そして東京へと、流離の旅を続けて来た。旅を続けるごとに、現実生活には重圧が加わって来た。それは、近代日本におけるこの時期の資本主義の重圧でもあった。

金田一京助の友情で、五月四日から、本郷菊坂町の赤心館に同宿して創作に専念し、五つの小説作品、三百余枚の原稿を書いたが、出版してくれる所はどこにも無かった。死さえ思ったりした。九月に入って、本郷森川町の蓋平館別荘に移り、焦燥と幻滅に苦しみながら、創作に打ち込んだ。

蓋平館は高台に位置し、啄木の部屋は、三階の一角の小さな、三畳の部屋だった。啄木が「珍奇な部屋」といったそこから見渡す眼下の景色は抜群であった。富士山が見え、小石川の砲兵工廠の三本の大煙突が眼下に見える――。

「最初此の下宿に移った許りの頃は、窓を開けると先ず第一に僕の目を呼んだのは此大煙突よりも寧ろ真向いに見える富士山であった」

「山！　それが甚麼《どんな》に嬉しかったらう！　その富士山が、何時ともなく見えても見えなくても薩張《さっぱり》僕の目に留らなくなって了った。僕は山を忘れた、然し三本の大煙突は依然として僕の目から遁れぬ。朝な夕なに毒竜の如く渦巻き出る其煙！　或日は南に靡き、或月は北に靡く」（「無題」明治四十一年秋稿・「全集」第四巻）

「大都の檣《ほばしら》のように突立った、砲兵工廠の三本の大煙突から、日がな一日凄じい黒煙《けむり》が渦巻いてゐる。其黒煙が、朝な夕な、天候の加減で、或は谷の上を横様《よこさま》に這ひ、或は神田の方へ、或は牛込の方へ靡く。」（「小説断片その他」＝前出「無題」）

小説の中へ持ち込もうとしている砲兵工廠の煙の描写であろうが、執拗をきわめる。啄木の三本の大煙突への関心は、翌年も続く。

「四五日前の或朝、僕は何時になく早く起きて窓に倚つていた。と、彼の大煙突の一本が薄い煙を吐き出した。僕は其時初めて今迄煙の出ていなかつた事に気が付いた。薄い煙は見る〳〵濃くなつた。大きい真黒な煙の塊が、先を争ふ様に相重なつて、煙突の口の張裂けむ許りに凄じく出る。折柄風の無い曇つた朝で、毒竜の様な一条の黒煙が、低く張詰めた雨雲の天井を貫かむ許りの勢いで、真直ぐに天に昇つた」（小説断片「島田君の書簡」、明治四十二年三月二十四日起稿）

この原稿断片「島田君の書簡」は、前掲文章に続けて、都会の工場の「幾百千本の煙突」を想像し、煙毒によって健康が害され「いかなる健康者でも其区域に住んで半年程経てば、顔に自《おのず》と血の気が失せて妙に青黒くなり、眼が凹んでドンヨリする。」と書く。そして、「人類の未だ曾《かつ》て想像した事のない大悪魔の様な黒煙が、半天を黒うして其都会の上に狂つてゐる」と想像しているのである。

ここで注目すべきことは、外部のある風景に対する啄木の身体感覚は、受身的に反応するのではなく、身体の内部から発見した問題として、風景が能動的に組み換えられていくことである。それは、眼前の風景の中に、人間の生活を思い浮かべ、人間の未来も見透した俊敏な詩人の想像力であった。

そして、「大逆事件」後の明治四十三年秋稿といわれる「暗い穴の中へ」で、「あの砲兵工廠の大煙突から、生きた物のようにむくむくと吐き出される真黒な、凄《すさま》じい煙を、朝も晩もじっと眺めていると、手足も訳もなく振り動かして見たい程、心の底から盲滅法な力が湧いて来るように思われた」（『時代閉塞の現状、食うべき詩他十篇』、岩波文庫、一三二頁）

啄木が砲兵工廠の三本の煙突の煙の風景認識は、こうして見ると、その発展方向は、行動へと変化していくことを示している。その線上で「大逆事件」と遭遇するのである。

啄木が見た「毒竜の様な煙」とは近代明治の資本主義が、人間生活に敵対する一つの象徴的な姿であった。啄木が釧路で書いた評論「予算通過と国民の覚悟」の中で声をあげていた「軍事費の奴隷」とされている労働者の姿でもあった。啄木は、自分の書いた評論の続編のような風景を目の前に見ていた、ともいえる。

「朝日新聞」の文芸部にいた、夏目漱石門下の森田草平が、小説『煤煙』の中に設定した作中時間は、啄木の蓋平館別荘時代と、そう離れては居なかったろう。この小説は、啄木が発行名義人となった『スバル』の創刊（明治四十二年一月一日）と同じ日から、夏目漱石の世話で、『朝日新聞』に掲載され、五月初旬まで続くのである。この年の三月一日から、啄木は『朝日新聞』に校正係として就職していたので、当然『煤煙』は読むことになった筈である。

自らの体験を作品化した森田草平は、この作品の中で、やはり、砲兵工廠の煙突の煙と、そこに働く労働者について、印象深い表現を残している。

「造兵（砲兵工廠のこと・引用者）の横手の門からぞろ〳〵」と職工が帰り始めた。街一杯に拡がって行く。何れも疲れ切った顔をしてる。歩くのも今始めて歩き出したといふ歩き方ではない。一日歩き通して来て、今夜もこれから夜通し歩かねばならぬといったやうな足取りである」（『煤煙』、岩波文庫、七三頁）。

これは、長時間労働で酷使されている労働者の姿をリアルに表現していて、ここだけでも、この時代の工場労働者の生活を強く印象づける。啄木が砲兵工廠の煙突の吐く、「毒竜」のような煙からイメージした労働者の姿そのままである。

森田草平は、のちにこの文庫の終りにつけた「この作のあと」（昭和十五年五月二十五日）で、小説の表題『煤煙』は、「その頃水道橋にあった砲兵工廠の煙突から、夕暮れの空に幾筋ともなく黒煙が棚曳いてゐるのを見て、感傷的な気持ちに打たれて想ひ着いた」と書いている。砲兵工廠の三本の煙突から出る煙は、奇しくも啄木と草平は、ほぼ共通した感性でその視野の中に、とらえて居たことは面白い。

(3)「百回通信」にみる「工場法案」と議会（その1）

私はかつて、「石川啄木と議会政治」という文章を書いたことがある（『民主文学』、一九九六年十月号)。その評論での私のテーマは、啄木の議会政治への関心の強さをさぐり出すことであった。そこには当然「工場法案」問題もあった。ここではその繰り返しを避け、「工場法案」が明治帝国議会によってどう扱われたかを焦点として、啄木の姿を追って見たいと思う。

啄木が『釧路新聞』でとり上げたのは、第二十四帝国議会であった。啄木の議会への関心は、途切れることなく続いていった。

第二十五帝国議会――は、啄木が東京生活をはじめた年の明治四十一(一九〇八)年十二月二十二日に召集され、翌年の三月二十四日までを会期とした通常国会である。この年の十月には、第十回総選挙があり、政友会が絶対多数をにぎって勝利した。

この総選挙の直後、社会主義者の山口孤剣の出獄歓迎会があり、ここで参加者の中の直接行動派が、「無政府共産」「無政府」などと書いた赤旗や、「革命」などと書いた小さな赤旗をたてて道路に押し出したため、警察官と大乱闘となった。堺利彦、荒畑寒村、大杉栄をはじめ、管野スガなど四名の女性を含む、十六名が逮捕された。いわゆる「赤旗事件」

である。

この事件で、西園寺内閣は、社会主義者への対応が手ぬるいとして政治的に追求され、七月に総辞職した。第二次桂内閣が成立した。

啄木は、「釧路新聞」に書いた政治評論「雲間寸観」の中で、山縣・桂などの野心的な勢力が「遠からず何らかの形式によって」西園寺内閣の「運命を威嚇する」であろうと予見していたが、それが見事に適中した。

議会で与党をもたなかった桂内閣は、西園寺公望や原敬の率いる政友会の協力で、明治四十二（一九〇九）年度予算案を、最小限の修正で成立させ、第二十五帝国議会を乗り切った。その後の桂内閣は結局、その反動的性格を露骨に強化しつつ、「大逆事件」をフレームアップし、「韓国併合」を強行し、なお翌（明治四十四）年一月二十四、二十五日にかけ、「大逆事件」の被告十二名を死刑にし、その年の八月まで内閣は続くことになるのである。

第二十六帝国議会――は、明治四十二年十二月二十一日に召集され、会期は翌年の三月二十五日までの九十日間であった。

この議会召集の直前の時期十月六日、啄木はその思想・文学に重大な影響を及ぼした、妻の家出事件を抱え込む。啄木を深刻な苦悩の中に落とし込んだ妻の家出事件は、二十日ほどで解決し、啄木を安堵させたことはすでに述べた。

啄木は妻の家出の二日後から、精神的動揺を押しこらえて、『岩手日報』への「百回通信」を書き始めたのである。十一月二十八日まで二十八回に及んだ。

妻の帰って来た日、十月二十六日に、伊藤博文は、韓国革命党を名のる安重根によって暗殺された。（明治四十二年十月二十六日）

「百回通信」において、「工場法案」を中心的に論じた第二十五回目（明治四十二年十一月十五日）は、その前日に書かれている。

「工場法案」が政府にあって起草されてくるのは明治四十二（一九〇九）年の秋、第二十六帝国議会に向けてである。啄木が「百回通信」（第二十五回）の中で、「政府が去る三十三年四月以来、十個年の日子を費やして調査研究を重ねたる工場法案は、此程漸く草案脱稿の運びに至り、愈々《いよいよ》当期議会に提出の事に決定したる由に御座候。」と述べているのは、これまでの明治政府の「工場法」への関心の推移にふれたものである。この一文は、「工場法案」正式発表（十一月二十四日）の十日前の執筆である。啄木はその中で、労働者の無制限な労働時間の問題を最大の問題点とし、その事について何の制限もつけず、「十六歳未満の男子及び一般女子に対して、八時間以上十二時間」といった「あれども無きに等し」いような規定をしている、その内容について強く批判した。

片山潜は『週刊・社会新聞』第六〇号（明治四十一年十月十五日）の巻頭で、「工場法」と題する論説を掲げて次のように主張した。

「工場法の制定は刻下の急務なり、年々増加する工場労働者の保護をなすは独り労働者の為めにあらず我が産業発展の上に急務なり。」と、その制定の意義を強調したのであった。

さきに述べた日本最初の社会主義政党社会民主党が、その二十八項に及ぶ「実践綱領」の中で、労働者の労働時間については、「日曜日の労働を廃し、一日の労働時間を八時間に制限すること」（第十四項）を要求し、さらに「学齢児童を労働に従事することを禁ずること」（第十四項）などを掲げていたことは画期的な事であった（片山潜『日本の労働運動』、岩波文庫、三八七頁）。

こうした点から見ると、すでに十年も経過している明治政府の「工場法案」のひどさは、目に余るものがあった。

それは、絶対主義的な天皇制政府と「日本的経営」の源流としての資本の収奪の苛烈さを示していたというべきである（岩尾裕純『天皇制と日本的経営』、大月書店）。

「是を以て是を見るに、政府今回の工場法案なるものは、実に唯従来勅令を以て規定し、若しくは行政警察の方針として採用し来りたる所のものを形式的に一括したるに過ぎずといふべし」（全圏点、啄木）

啄木の「百回通信」（第二十五回）の中の、この一節全体に克明に圏点を打った啄木は、ここで、明治政府のお座なりな態度への怒りを発している。

全文二十四条からなる「工場法案」が、正式に国会に提出されたのは、翌年明治四十三年一月二十八日である。

『週刊・社会新聞』（第六十四号、明治四十三年二月十五日）は、「工場法案は提出されたり」と題した論評を掲げて「工場法案」提案に期待を表明した、桂内閣は、一か月後に法案を撤回してしまった。

啄木は、明治四十二年の「一年間の回顧」の中で、次のように書いている。

「彼の第二十六回議会に於ける地租軽減論の運命とか工場法実施後に於ける同一の熱心

と興味とを以て注意するものがある。」
「彼此考へ合せて見て眼を瞑《つぶ》ると、其処に私は遠く『将来の日本』の足音を聞く思ひがする。私は勇躍して明治四十三年を迎へようと思ふ」

啄木は、「一年間の回顧」を、こう書いて閉じていた。啄木にとって、次の一年間を、どんな思いで迎えようとしていたかは、この文章の、明るく展望的なリズム感によって、よく感じとれる。啄木が注目していた「工場法案」は、さきに述べた様に、撤回されてしまうし、啄木が期待した「将来の日本の足音」を聞くべき明治四十三年は、啄木の心身を根底から揺さぶった「大逆事件」が起こってくる。事件の衝撃は、啄木を一挙に社会主義思想の方向に押しやることになる。

第二十七帝国議会――は、明治四十三（一九一〇）年十二月二十日に召集された。この年の六月には「大逆事件」が勃発し、七月には武力を背景に「韓国併合」が強行された。
啄木は八月下旬に、評論「時代閉塞の現状」を書き、明治の「強権」を鋭く引き据え、時代の閉塞状況を告発すると同時に、「明日」への道を提示した。また九月に入って、短歌

「九月の夜の不平」三十四首をつくり、若山牧水の『創作』に発表した。その多くは、その年の十二月に刊行された、啄木の第一歌集『一握の砂』に収録された。

しかし、発禁をおそれて歌集に収録しなかった次のような歌がある。それらはいずれも啄木短歌の傑作に入るであろう。朝日新聞に居た啄木は、明治政府が「大逆事件」にからみ、社会主義者を根こそぎ検挙しようとしており、また社会と名のつくものは『昆虫社会』という雑誌的なものさえ発禁にするという狂気じみた治安対策を、つぶさに知っていたからである。

つね日頃好みて言ひし革命の語をつゝしみて秋に入れりけり
秋の風我等明治の青年の危機をかなしむ顔撫でて吹く
時代閉塞の現状を奈何《いか》にせむ秋に入りてことに斯く思ふかな
地図の上朝鮮国にくろぐろと墨をぬりつゝ秋風を聴く
明治四十三年の秋わが心ことに真面目になりて悲しも

(4)「泣いてやりしかな」考①

「大逆事件」のなお進行過程にあった、第二十七帝国議会の議題、案件は、明治四十三年末の議会開会時点では、すでの明白であった。

第一は、一九一一（明治四十四）年度の政府予算案
第二は、「大逆事件」をめぐる問題
第三は、前議会で撤回した工場法案の再提出問題
第四は、普通選挙法問題
第五は、三税廃止問題

など、重要法案が山積していた。またこの議会では、すでに教育界では大問題となっていた「南北正閏問題」が議会でも大きな論議を呼ぶことは必至であった。啄木はこうした重要案件目白押しの、この第二十七帝国議会に大きな関心を持った。啄木は、議会召集の

翌日の十二月二十一日に、函館の友人宮崎郁雨宛の書簡の中で、「時間さへあったら屹度《きっと》書きたいと思ふ」ものの一つとして、「第二十七議会」というテーマをあげている。その内容は、「毎日議会を傍聴した上で、今の議会政治のダメな事を事実によって論評し議会改造乃ち普通選挙を主張しようというのだ」（傍点、啄木）というものであった。第二十七議会はどれも啄木にとっては目を離せないほどのものであった。とりわけ、教育・歴史への関心の深かった啄木は、「南北正閏問題」に注目した。

「大逆事件」に続いて、この問題は、天皇の正当性をめぐる大事件として政府をふるえ上がらせたのである。国定教科『尋常小学校日本歴史』では、南北朝廷分立は歴史的事実としてそのまま認められて来ていた。それが六月に「大逆事件」がおこり、その影響もあって、国民精神の「不逞」は、教科書の記述の不適切から起ることであると批判され、南朝を正当とする大義名分論が盛んとなり、帝国議会にも及んでいったのである。

「現天皇は北朝の末えいであり、万世一系の日本国の元首として正当な継承者ではないのではないか――というのが、この論の本質であった。もし北朝が正当ならば楠正成は逆賊となり、足利尊氏は忠臣ということになる」（『自由と民権の闘い――明治百年の一資料として――』（毎日新聞社会部編、二〇八頁）

桂内閣にとっては、「大逆事件」に次ぐほどの衝撃性をもったであろうことは、十分想像される所である。しかし、よくよく事の本質を考えれば、それは学問の自由の保障ということになるはずであり、明治帝国憲法の第二章にもその権利は保障されているものであったが、そうした点からの積極的な論議がなかったのは、歴史の限界性というべきか――。

第二十七帝国議会当時の政党、会派の状況は、立憲政友会二百四人、立憲国民党九十三人、中央倶楽部五十一人、無所属三十人、合計三百七十八人であった（『帝国議会史』上巻、四八三頁）。政友会が絶対多数を占めていた。この間、第二十五国会、二十六国会を通じて、憲政本党は立憲国民党に、大同倶楽部は中央倶楽部へと改称され、猶興会は又新会《ゆうしん》となったものの、政党再編の波にのまれて消滅している。したがって、議会に与党をもたなかった桂内閣は、この議会を乗り切るために、当然のこととして政友会の協力をいっそう求めねばならなかった。政友会の原敬と桂太郎との会合は三回に及んだ。桂は議会対策で政友会の協力をとりつけ、また原敬は、政権授受についての感触を得て、両者の合意は成立したのである。世評はこれを「情意投合」と評したというが、現在の言葉でいえば密室談合による取り引きで政治を私物化していることになる。

珍らしく、今日は、
議会を罵りつつ涙出でたり
うれしと思ふ。

啄木の『悲しき玩具』の中のこの一首は、明治四十四年一月十七日の夜の作である。啄木は、国民無視の「情意投合」と称する談合政治に憤りを発しているのであろう。

第二十七議会は、年末、年始の休みを経て、再開されたのは、明治四十四年一月二十一日である。岩城之徳が『啄木歌集全歌評釈』（筑摩書房、三二七頁）で、前掲「珍らしく」の歌について、「無力な議会は桂太郎内閣に押し切られたので、啄木は不満に思ってこのように歌った」としているのは不正確である。啄木の一月十七日夜の作「珍らしく」の歌は、議会再開の四日前の作だからである。

啄木のこの歌の初出は、一九一一（明治四十四）年の『創作』二月号である。作歌日時は、明治四十四年一月十七日の夜のことであることは、次の啄木日記でわかる。

「休み。おそく起きた。午後になつて白田が花田百太郎といふ青年を連れて来た。予に会ひたいと言ったのださうである。九州の生まれで、髙橋光威といふ代議士の書生をしてゐる文学青年である。不恰好な顔をしてゐたが何となく真率な点が気に入つた。そして暗くなるまで気焔を吐いた。『明日』！　それが話題であつた。

二人が帰つて行つて飯を食ふと、急に疲労を感じた。さうして九時頃までも行火《あんか》に寝た。九時頃に起きて歌を作つた。」

髙橋光威《みつたけ》は、新潟県選出の政友会代議士である。

啄木のこの日記の部分は面白い。三人はよほど気があったと見え、桂内閣や議会を罵って気炎をあげている様子がまざまざとする。

藤澤といふ代議士を
弟のごとく思ひて、
泣いてやりしかな。

一九一一（明治四十四）年二月四日、啄木は、慢性腹膜炎の手術のため、東京帝国大学医科大学附属病院青山内科十八号室に入院した。入院して三日後の二月七日に手術をし、十五日に余病がないので病室がかわった。その二日後の二月十七日の日記に、

「南北朝事件で昨日質問演説ある筈だった藤澤元造といふ代議士が、突然辞表を出し、不得要領な告別演説をして行方不明になった」

と書き、二日おいた二月十九日の日記には、「午前に『創作』に送るために十六首の歌を作った」と書いているから、「藤澤といふ代議士」の歌は、二月十九日午前の作であることがわかる。

啄木の日記や歌にいう藤澤元造代議士（無所属）は、南朝正統論の立場から「南北正閏問題」で二月四日に質問主意書を提出し、これにもとづき演説をすることになった。ところが途中でこれを撤回し、議員を辞職してしまった。この行動の不可解は、啄木ならずとも国会では大問題となった。その舞台裏について『原敬日記』第三巻（九〇頁）は克明である。

「昨日の議場にて大阪郡部選出の藤澤元造なる者辞任せしが、同人は教科書中に南北朝の事に関し従来の正閏を捨てたるに憤激したるに政府は非常に驚きたるものと見え、小松原内相などが数回会見して慰撫せしも聞入れざりしと内聞せしに、遂に其質問書を撤回して而して辞職せり、其辞任の理由を演説せしが反狂人として見るの外なく、支離滅裂聞くに堪へざりしなり、桂が昨日云うところにても会見を求められ大臣室にて会見せしに、頻りに流涕して全く狂人の態なりしと云へり」（二月十七日）

次の一文は、こうした経過をマスコミの目がどうとらえたか――。前述の『自由と民権の闘い』は、原敬日記の不足をおぎなうように、次の記述をしている。

帝国議会での藤澤元造代議士の質問は二月十六日ときまり、「藤澤はその前日、大阪から上京した。親友たちは父親からの知らせで新橋駅に迎えにいったが、会えなかった。藤澤代議士はそのとき、桂首相の邸内にいたそうである。」（二〇九頁）

「その夜、藤澤代議士は自分の宿には帰らず、神楽坂で乱酔した。夜十時ごろ迎えの車で親友の一人がかけつけたとき、神楽坂の料理店『するよし』にいた藤澤代議士は、五体なえたるが如く乱酔し、……オレはきょう桂から大歓迎を受けたよ……えらいご馳走になった。オレは桂の車でまわってここに来た。（中略）同夜、座にいでしある者は、氏が千円束の紙幣を所持するを瞥《べつ》見せりという（東朝）」（二〇九頁）

これらを読むと、藤澤元造は、札束で買収され、桂の軍門に降ったことになる。もはや政治家とはいえない醜態をさらした結末を見せている。マスコミは、連日藤澤の一挙手一投足を報じたのである。

「桂首相は、ついに天皇に上奏したところ、天皇が「南朝が正統だ」といったといわれ、ようやく問題は落着し、文部省は、二月二十七日付で、①教科書にある〝錦旗を押し立てて〟は〝尊氏が賊名をさけんため〟やったこと、②〝両皇位の交立〟を〝朝廷と幕府〟に改める、③〝南北朝〟を〝吉野の朝廷〟と改める、などの通達を出し、教科書編集の責任者喜田貞吉博士を休職処分にして問題を教科書検定の不備にすり替えた」（前掲書二一〇頁）

石川啄木の前掲の歌「藤澤という代議士」の歌について、「弟のごとく」思って「泣いてやりしかな」という表現は、啄木が「桂内閣の圧迫を受けて姿を隠した政友会（無所属＝引用者）藤澤元造代議士に同情をよせた一首」（岩城之徳『啄木全歌集評釈』三五〇頁）とか、あるいは「欲望や理想を実現できず現実に屈服させられている作者自身のみじめさを藤澤代議士の心情に投影する」（今井泰子注釈『石川啄木』、角川書店、一九二頁）などの理解に、私は違和感をもつ。岩城説は、作品の言葉の表にもたれすぎていると思えるし、今井説は、逆に心理的に穿《うが》ち過ぎていると思えるからである。

実作者の立場からいうならば、「泣いてやりしかな」という表現は、「同情」や「作者自身のみじめさ」とは、距離のある突き放した表現であり、むしろ冷やかさのようなものがある。藤澤元造の人間的感性と啄木のそれとは大きなへだたりがある。

私は何より、「大逆事件」に遭遇した啄木が、すでに「時代閉塞の現状――強権・純粋自然主義の最後および明日の考察」を書き、「九月の夜の不平」を歌い、「強権」の核心を絶対主義的な天皇・天皇制ととらえていた啄木の思想の前進的地点から考える時、とりわけ違和感を強くするのである。

(5)「赤旗事件」と啄木の反応

啄木が『釧路新聞』でとりあげた明治帝国議会は、第二十四議会であった。啄木の議会への関心は、以後「大逆事件」直後まで、途切れなく続いていく。

第二十五帝国議会は、一九〇八（明治四十一）年十二月二十三日に召集された。会期は翌年の三月二十四日までの通常国会である。ところが五月十五日に行なわれた第十回総選挙で、政友会は百八十七名、立憲本党は七十名、大同倶楽部二十九名、猶興会二十九名、無所属六十四名、計三百七十九名で、政友会が絶対多数を占めて勝利した（『帝国議会史』上、四三四頁）。

ところが、総選挙直後の六月二十二日に、社会主義者の山口孤剣の出獄歓迎会が、当時分裂状態にあった社会主義者の直接行動派と議会政策派の両派共同で、神田の錦輝館で開催された。

山口孤剣は、本名義三といい、一八八三（明治十六）年下関に生まれた、明治社会主義運動の一偉材である。『日刊・平民新聞』第五十九号（明治四十年三月二十七日）に書いた、「父母を蹴れ」という評論が「朝権紊乱罪」に問われ投獄されていたが、一年二か月の刑期をおえて、仙台刑務所から出獄して、六月十九日に帰京したのであった。

孤剣が入獄した時点では、まだ社会主義運動は分裂していなかったので、出獄歓迎会は、直接行動派と、議会政策派との共催となったわけである。

この会の終り頃、直接行動派の一団が「無政府共産」「無政府」などの文字を赤地の布に白く縫いつけた三尺四方の旗二本と、一尺ばかりの赤布に「革命」と書いた旗をふりたて、当時流行の革命歌「ああ革命は近づけり」を高唱しながら、道路に押し出していった。そのため、警官隊と大乱闘となり、堺利彦、荒畑寒村、大杉栄などとともに管野スガ、大須賀サト、神川マツ、小暮れいなど若い女性四人を含む十六人が逮捕された。翌六月二十三日の新聞各紙は、センセーショナルにこの事件を報じた。世にいう「赤旗事件」であり、のちの「大逆事件」への導火線となったものである。西園寺内閣は、七月十四日を総辞職をし、桂内閣に代わった。西園寺内閣が、社会主義者に対し、態度が手ぬるいと、激しく攻撃されたためである。

啄木が釧路で書いた政治評論「雲間寸観」の中で、山縣・桂内閣などの野心的な勢力が、「遠からず何らかの形式によって」西園寺内閣の「運命を威嚇する」だろうと予見したが、まさに適中した事態となったわけである。

「赤旗事件」に対する啄木の反応は、きわめて敏感であった。

女なる君乞ふ紅き叛旗をば手づから縫ひて我に賜へよ
君にして男なりせば大都会既に二つは焼けてありなむ

これは、一九〇八（明治四十一）年の歌稿ノート「暇ナ時」の中の、六月十五日から十月十日までの六百五十二首のうち、「六月二十五日　夜二時まで百四十一首」とした中の作品として出てくるものである。「赤旗事件」の新聞報道（六月二十三日）の二日後ということになる。

もう一つ、明らかに「赤旗事件」のイメージを歌い込んでおりながら、余り注目されていない詩がある。それは、市立函館中央図書館に所蔵されている鉛筆書きという、次の題名のない中断の詩である（『石川啄木全集』第二巻、四三七頁）。前述の短歌作品よりも、さらに生まなましいのである。

赤！　赤！
赤といふ色のあるために
どれだけこの世が賑やかだろう。
花、女、旗、
それから血！
砂漠に落つる日
海に浮ぶ戦さの跡の波。

『石川啄木全集』第二巻の、岩城之徳の「解説」によれば、この詩は、「朝日新聞」原稿用紙にかかれていたとある。そうだとすれば、朝日新聞社就職後（明治四十二年三月以降）ということになる。したがって、この詩については、明治四十一年六月に起きた「赤旗事件」との関係が無いか、もしくは薄いと考えるのが穏当かもしれない。しかし、切迫した、たたみ込むリズムが生み出す現実感は、啄木の強い回想力、記憶の喚起力があったであろう。「赤旗事件」をイメージした可能性は十分にある。

(6) 平民書房「屋上演説事件」

「赤旗事件」に連動しながら、従来啄木研究ではほとんど注目されていない「金曜会、屋上演説会事件」がある。私がこの事件に関心をもつのは、一つには直接行動派で「金曜会」と名告《なの》った社会主義者たちの一団が、五か月後の「赤旗事件」に共通して関わっていたこと、二つは、「屋上演説会」の舞台となった平民書房には、啄木の友人阿部月城がかつて住み込んでいたことがあり、また、一年半後に啄木一家が借家した「喜之床」は本郷弓町二の十七、平民書房は同じ丁目の弓町二十一と、至近距離といってよい位置にあったからである。

もちろん、「屋上演説会事件」が起った当時の啄木はまだ小樽にいて、『釧路新聞』への入社がようやく決定し、小樽を出発しようとする二日前であった。「屋上演説事件」の起った一月十七日の啄木日記には、小樽日報社の白石社長と会ったという数行の記事を記すだけである。

一九〇八（明治四十一）年一月十七日は金曜日である。直接行動派の通称「金曜会」の定例演説会の日であった。しかし、会場は官憲の妨害で次々と追い立てられ、最後に、社会主義者の熊谷千代三郎が経営する、本郷弓町の平民書房の二階で開催することになったのである。

しかし、ここでも官憲の妨害はひどく、開会と同時に警官が「弁士中止」「解散」を命じてきた。憤慨した堺利彦が、平民書房の二階の窓から顔を出し、路上の人びとに向けて、官憲の横暴を訴え抗議する演説をおこなった。堺のあとに、山川均と大杉栄も続いた。堺利彦が二階から路上に飛び出した所で、警官らと群衆を含めた乱闘さわぎとなり、結局、堺・山川・大杉・竹内・坂本（のち、「大逆事件」被告、無期懲役で戦後まで生きる）・森岡の六名が本郷警察に逮捕された。この事件は治安警察法違反となり、全員一か月から一か月半の禁固刑となり、東京監獄に送られた。管野スガは、病気療養のため房州にいたので検挙を免れた。

啄木は、東京に出て来たばかりで本郷赤心館に金田一京助と同居していた頃、この「屋上演説会事件」の舞台となった平民書房に住み込んでいた友人の阿部月城（本名和喜衛）の所に金を借りにいった事がある。一八〇八（明治四一）年七月二十四日のことで、「赤旗事件」の約一か月後のことである。

「夕飯を食うと、すぐ袴を穿《は》いて出かけた。（単衣の尻のところが黒く汚れているので。）そして弓町の平民書房に阿部君を訪ねた。この男も矢張《やはり》一文なしであった。（日記、七月二十四日）

平民書房の熊谷千代三郎は、社会主義に関わる啓蒙的な書籍を精力的に出版していた。治安警察の極秘資料『社会主義者沿革（下巻）』によると、平民書房刊の次の四冊が「大逆事件」後に発禁処分となっている。

①『海外より見たる社会問題』（熊谷千代三郎著、明治四十年五月二十八日刊。明治四十三年九月三日発禁処分）
②『ガボン長老自叙伝』（相澤熙著、明治四十年七月二十八日刊。発禁処分）
③『弱者』（持原皿山著、明治四十年七月二十八日刊。発禁処分）
④『無政府主義』（久津見蕨村著、明治三十九年十一月十六日刊。発禁処分）

発禁処分になったこの四冊は、いずれも「大逆事件」前に出版流通していた書物で、事件後にさかのぼってそれらの社会主義関係の書籍を処分したのである。このことは社会主義を地上から一掃したいほどの政府の狂躁の一端を示したものである。『昆虫社会』という表題の書物が「社会」とあるが故に発禁となったという常軌を逸した弾圧であった。

赤紙《あかがみ》の表紙手擦《てずれ》れし
国禁の
書《ふみ》を行李の底にさがす日

この歌は、『一握の砂』所収で、「大逆事件」後の七月二十七日の作である。

啄木の死後、啄木の残した「行李」の底には、一冊の文学書もなく、十九冊の社会主義関係の本のみであった（吉田孤羊『石川啄木と大逆事件』、五九頁〜六〇頁）。この十九冊の中に、平民書房刊の前記④の久津見蕨村の『無政府主義』が入っていた。このことを、私は興味深く思っている。

多分この本は、啄木が阿部月城に金を借りようと、平民書房を訪れた時、玄関あたりの本棚に並んでいたと思われる一冊である。啄木は本好きであったから、欲しいと思ったかも知れないが、買うほどの金は持っていなかったのである。

啄木がこの本をどのようにして買ったのか、あるいは誰かから借りて、返却せずに最後まで手許に置いていたのかは、わからない。しかし、この本を手にして出版社の平民書房の名を読んだ啄木は、おそらく平民書房に居た阿部月城を思い出し、貧窮の日々を回想したのでは——と想像したくなる。

(7)「百回通信」にみる「工場法案」と議会（その2）

啄木は、妻が家出した（明治四十二年十月二日）三日後から、故郷の『岩手日報』に「百回通信」を書きはじめた。

ようやく妻の帰って来た十月二六日に、伊藤博文は、ハルピン駅頭で、韓国革命党員の安重根によって殺された。

「百回通信」第十五回は、「東京二十六日午前十時」と書き終えた日時を書く。妻の帰ってきた日である。

妻と娘を上野駅に迎えた啄木は、その足で上野公園で開催中の第三回の文部省展覧会（文展）を見に行き、荻原碌山の彫刻「労働者」に出合って感動した事については、すでに述べて来た。

啄木は、妻の家出事件により、大きな思想変革を遂げ、かずかずの見事な力作評論を書いたことについても、すでにふれてきた。その中の一つ「一年間の回顧」(『スバル』第一巻第一号、明治四十三年一月)において、啄木は、明るい口調で、次のように書く。

「彼の第二十六回議会に於ける地租軽減論(宅地租現行市街地百分の二十、郡村宅地百分の八・五を一率百分の二・五に引き下げることなど=引用者)の運命とか工場法実施後に於ける一般労働者の思想上の変化とかに対する同一の熱心と興味とを以て注意するものである。」
「彼此考へ合わせて見て眼を瞑《つぶ》ると、其処に私は遠く『将来の日本』の足音を聞く思ひがする。私は勇躍して明治四十三年を迎へようと思ふ。」

啄木が「一年間の回顧」において、「熱心と興味とを以て」注目していた、第二十六帝国議会にかかわり、見落とせない論評は、「百回通信」の第二十五回目である。

すでにふれたように、啄木は、第二十六帝国議会を前にして『岩手日報』に、「百回通信」を書き出している。「百回通信」は、一九〇九(明治四十二)年十月五日から書き出し、十一月二十一日まで、全二十八回にわたって書きつがれたものであるが、最後の三回は中学時代の恩師の回想的物語となっているから、政治・社会・国際問題など幅広くテーマとしたものは、二十五回までといえよう。その最後の二十五回こそ、「工場法案」に関する啄木の思考や見解をこめて表明したものである。啄木はある意味では、労働者のいのちと暮らしの問題を基礎とした、労働者自身の基本的人権といった問題について追求したと見てよいであろう。

富国強兵を明治近代化の第一義と考え、欧化主義を積極的に追求した明治政府であった。とくに、日清戦争後の急激な資本主義の発展の中で、あらたな労使関係の見直しを迫られていた。伝統的な家族主義的、温情主義的な労使関係では、矛盾と対立はますます深まり、社会不安の増大にもつながる危険があった。とりわけ明治三十年代から、労働者のストライキが急増して来たことは、その治安上の対策としても、明治政府は「工場法」の制定が求められていたのである。

こうした状況の中で、明治政府は、労使関係を、国家の意志の基本方向で、協調的な労使関係をつくっていくことを、社会政策上の一つの重要課題として「工場法」の制定を考えていた。その動きの概観を見ると、次のようであった。

一八九七（明治三十）年六月、当時の松方正義内閣時代、農商務省が、職工の保護や取り締まりについて定め、三十人以上使用の工場に適用することなどを中心とした「職工法案」を起草したが、議会が解散となり、廃案となってしまった。これは、「工場法案」のはしりといえるものであった。

しかし、この時点での「工場法案」の発想は、あくまでも労働者の監視、取り締まりが主要な眼目であった。松方内閣のあと、第三次伊藤博文内閣となったが、伊藤内閣は五か月で倒れてしまった。

一八九八（明治三一）年六月一〇日に成立した大隈重信内閣は、憲政党を基盤としたわが国最初の政党内閣であった。この年の九月一日、農商務省が、かつての「職工法案」を修正した「工場法案」を発表した。しかし、政府与党の憲政党内部の不統一のため、大隈内閣はわずか四か月で倒れ、十一月八日に総辞職した。そのため、「工場法案」も議会に提案もできずに終ってしまったのである。

一九〇〇（明治三十三）年十一月八日に成立した第二次山縣内閣は、「工場法案」の国会提出準備のため、農商務省商工局内に「工場調査係」を設置したりしたが、議会への提案は、その後約十年近く途絶えるのである（『社会労働運動大年表』、『帝国議会史・上』などによる）。

このような複雑な経過をもった「工場法案」が、政府によってあらためて起草されてくるのは、一九〇九（明治四十二）年の秋、第二十六帝国議会にむけてである。時の内閣は、第二次桂太郎内閣であった。

石川啄木が、すでに述べたように、明治四十二年の「一年間の回顧」の中で、「工場法案実施後における一般労働者の思想上の変化」に関心を示したのはこの時である。第二十六帝国議会は、明治四十二年十二月二十六日に召集され、会期は翌年の三月二十五日までの九十日間である。

啄木の妻の家出事件は、帝国議会召集の二か月前であった。

啄木が『岩手日報』への「百回通信」の第二十五回で、

「政府が去る三十三年四月以来、十個年の日子を費やして調査研究を重ねたる工場法案は、此程漸く草案脱稿の運びに至り、愈々当期議会に提出の事と決定したる由に御座候」

と書いているのは、「工場法案」をめぐる明治政府の歴史的な動きを短く要約するとともに、「工場法案」への強い関心を示したものであった。

議会政策派の立場に立った片山潜が、運動の機関紙『週刊・社会新聞』で、工場雇主の気ままな労働者の雇用実態であることを告発し、その改善のために労働者の生活、権利の改善を要求する視点から、「工場法」制定を積極的に主張したのは当然であった。

片山潜は、『週刊・社会新聞』第六十号（明治四十二年十月十五日）の巻頭で、「工場法」と題する論説を掲げ、左のように主張した。

「工場法の制定は刻下の急務なり、年々増加する工場労働者の保護をなすは、然り労働者のみの為にあらず　わが産業発展の上に急務なり」

啄木の「百回通信」（第二十五回）の「工場法案」についての一文は、「工場法案」の正式発表（十一月二十四日）の十日前の執筆である。啄木はその中で、労働者の無制限な労働時間の問題を、最大の問題点として描写して、その事について、何の制限もつけず「十六歳未満の男子及び一般女子に対して、（一日）八時間以上十二時間」といった「あれども無きに等しい」労働時間の規定について、厳しく批判している。

すでに述べて来た、日本最初の社会主義政党である社会民主党は、その結党に際し、二十八項目から成る「実践綱領」を発表しているが、その中で、労働時間については、「日曜日の労務を廃し、一日の労働時間を八時間に制限すること」（第十四項）を要求、さらに「学齢児童を労働に従事せしむることを禁ずる。」（第十一項）などを掲げていたことは、画期的なことであった（片山潜『日本の労働運動』、岩波文庫、三八七頁）。

こうした点から見るとき、社会民主党の結成からすでに十年を経過しながら、政府の「工場法案」のひどさは、目に余るものがあったというべきである。

啄木が「百回通信」（第二十五回、十一月十七日）で「工場法案」について書いた時点は、「案の内容は未だ公表せざれず」という公表七日前の段階であった。啄木がいうように、それは、諸新聞の伝える所についてその概略を窺ったものであった。

「同法制定の精神は大体に於て工場主と職工との利益の調和」を力点としたもので、内外の情勢の激動によって「日本現時の経済的事情に不測の混乱を生じる」恐れを避け、具体的な法律の適用範囲も今後「漸次拡充する方針」で、今回は「大体の規定を設くるに止めた」ようだと、政府側の予測を伝えている。

「同法案の一大眼目たるべき労働時間の如きは何等の制限を設けず、但十六歳未満の男子及び一般女子に対して、八時間以上十二時間てふ、あれども無きに等しき範囲を附し、十二歳以下の小児の労働を禁じ、外に傷病者扶助、休息時間、誘拐雇人の予防、傭使の方法、工場の構造設備等の事項を規定してあるに過ぎざる者の如く候。」

これが一般新聞より啄木がつかんだ、政府の国会に提出しようとしている「工場法案」のおおまかな傾向と内容であった。ここまで、「新紙の傾向」を要約した啄木は、がぜん自分の考え方を次のように、全文に圏点を打って展開している。圏点こそ、借り物ではない、啄木の、その時点での「工場法案」への批判と主張であった。

「是を以て是を見るに、政府今回の工場法案なるものは、実に唯従来勅令を以て規定し、若しくは行政警察の方針として採用し来りたる所のものを形式的に一括したるに過ぎずといふべし」

啄木は、明治政府が、十年の歳月を費やしながら、少しも働く者の立場に立って、一歩の前進もはかろうとしないことに、強い怒りを発していたというべきであろう。

「百回通信」の啄木の筆は、さらに語気を強める。「政府が十年の長日月を費やして為したる調査事業の結果此の如きに出でざるを見て、所謂大山鳴動して鼷鼠《けいそ》出づるの嘆なき能はず候」と述べ、「法案」が「労働者失職問題を閑却」していることに、「不平なき能はず」といっているのは、啄木の痛切な流離の生活体験によるものというべきであろう。

啄木の「百回通信」の筆鋒は転じて、「一般近世政治思想の根本的特色」に及ぶ。それは、「人類の生活を担保し、安心して之を改善せしむるにあり」と主張する。

「この傾向を最も端的に代表する者は善意に所謂社会主義にして、其思想的経路は近世文明を一貫する解放運動に繋がり、即ち人類の現状を生活の圧迫其物より解放せんとするものにして、其学術的基礎は、人生に対する経済的研究を成就するに在り。」

啄木は此の論の続きでも、「一般労働者の生活を担保する所以の途は、実に先づ其不合理なる失職の危険を防止するの点に存せずんばあらず」として、「工場法案」とともに、「失職労働者保護法案を制定すべし」と強調している。

職を失ない、新たに職を得ることの苦しみを、啄木は体験して来た。家族も散りじりとなった北海流離の旅の中で、啄木はそのことを身に刻んで来たからであろう。

「労働者にして安んじて其職に在る能はざる限り、千百の工場法案出づると雖《いえ》ども其効少なからん。吾人は此点に就いて特に先づ政府の放心を咎めざる可らず候」

「若し夫れ此骨抜法案を以て、桂卿の施政方針に照して来れば、其処には亦別種の興味存在する事に御座候。　草々」

啄木はひどく婉曲な語法で、桂太郎の政治的狙いに注意を喚起しているのである。一方で、「工場法案」の労働者にとっての最重要部分を骨抜きにした意図こそは、対極にある政治策動を構えている証拠に違いない、という危機感の表明となっているのである。すでに啄木は、『釧路新聞』記者の時代に、桂太郎が、時の西園寺内閣に事をしかける気配があると予言しており、西園寺内閣を「赤旗事件」を利用して退陣に追い込んだ「実績」があったことは、すでに述べて来た。

啄木の「百回通信」第二十五回は、こうして終っている。

石川啄木は、政府の「工場法案」が正式に国会に提出される前の段階で、諸新聞などを資料として書いた「百回通信」の中で、「仮令《たとい》不備の点はありとも、有るは無きに優る」としながらも「大眼目たるべき労働時間」をはじめ、労働者にとって欠くことの出来ない、「労働者失職問題」を軽視しており、「失職労働者保護法を制定すべし」と強調し、そうでなければ「千百の工場法案」が出てもその実効性は乏しいものだ、と強調したのであった。「有るは無きに優る」という表現は啄木らしからぬ歯切れの悪さであるが、将来の労働問題への言及は、まさにその通りである。

片山潜も、啄木の「百回通信」第二十五回とほぼ同じ時期に、「労働者の為めに工場法案を難ず」（『社会新聞』第六十二号、明治四十二年十二月十五日）を書いている。

「我が工場法は明治二十九年以来の宿題にして、幾万円の費用を調査に費し、而かも一度は成案とな」ったものの、資本家のために握りつぶされ、今日に至ったと書き出している。

「今や又た工場法案は発表せられたり。而して奇佐《きかい》（奇怪と同じ＝引用者）にも労働者を無視して却って労働者の虐奪者なる資本家団体に諮問して之が可否を決せんとす。吾人は工場法案の運命に就ひてあやぶまざるを得ず。雇主に満足する法案が労働者に利益がありとは以つての外の事なり」と「工場法案」の資本家的本質を突きながら、「之が細則即ち実際施行の効力は命令《ふれ》によって発揮せんとする者なり。故に此工場法案は恰も眼子《まなこ》を入れざる仏の如き者なり。精神なき仏、骨抜き鰌《どじょう》なる工場法案」と酷評している。

片山潜のこの評論で見落とせないのは、「工場法案」に対する労働者の自覚のおくれが、政権を独占する「富豪資本家」によって、彼らの要求にかなった「工場法案」にされてしまっている口惜しさえを滲ませていることである。片山潜は、「労働者の為めに工場法案を難ず」の最後に「労働者諸君に告ぐ」とその自覚と奮起を促していることでも、その考えは明らかである。

政府原案の「工場法案」は、一九〇九（明治四十二）年十一月二十日に発表された。第二六回帝国議会に提案されたのは翌明治四三年の二月一日である。ところが政府は二月二十六日にこれを撤回した。撤回理由は、「この問題は複雑をきわめるので再調査研究の上完全なものとして再提出したい」（『議会制度百年史・上』、四七七頁）というものであった。こんな理由は十年前なら通用したろうが、第二十六回帝国議会の時点では、出しおくれた証文を持ち出して来たようで、全く説得力のないものであった。おそらく、資本の側からの反対運動に出合ったため、というのが真相であろう。

こうして、「工場法案」は第二十六帝国議会から姿を消した。

(8) 第二十七帝国議会①

第二十七帝国議会は、明治四十三年十二月二十日に召集され、会期は翌明治四十四年三月二十二日まで、恒例の九十日間であった。全議会の終了から、第二十七議会開会までの九か月間は、まさに近代史の激動の時代であった。六月には「政府を根底から聳動《しょうどう》させる事件が発覚した」（松岡八郎『明治政党史』、三三七頁）。「大逆事件」である。そして二か月前には、朝鮮人民が大地を叩いて慟哭したという、軍事力を背景とした「韓国併合」――植民地化――を強行した。

啄木は、情報の集中点である朝日新聞の紙面を毎日校正しながら、いち早くこの事件の本質が、明治刑法第七十三条（「天皇、太皇太后、皇太后、皇后、皇太子、又ハ皇太孫ニ対シ危害ヲ加ヘ又ハ加ヘントシタル者ハ死刑ニ処ス」）に関することを、鋭く感じとって居たであろうと私は想像する。全国的に数百人の社会主義者・無政府主義者を検挙し、最終的に幸徳秋水以下二十六名を起訴した。大審院によるたった一回限りのこの特別裁判は、一切の傍聴を禁止した秘密裁判で、明治四十三年十二月十日に開始された。第二十七回帝国議会召集の十日前であった。帝国議会は、年末年始の休会をはさんで、一月二十一日に再開されたが、議会と裁判との関係にどのような狙いがあったかは定かでないが、議会再開の三日前、一月十八日に「大逆事件」の衝撃的な判決が行なわれた。裁判開始から判決まで、わずか一か月という猛スピードであった。二十六名の被告のうち、幸徳秋水ら二十四人に死刑、他の二人にはそれぞれ、懲役十一年と八年の刑がいい渡された。大審院特別裁判は一審のみであったから、もはや上告して争うことなどは出来ない。大審院特別裁判は、幸徳秋水らを死刑にするために開かれた、神権的天皇・天皇制の、単なる「儀式」でしかなかった。

啄木は、その日と翌日の日記に、この「強権」の卑劣さと、それに対する歯ぎしりする思いを次のように書きとどめている。

「今日程予の頭の昂奮してゐた日はなかつた。さうして今日程昂奮の後の疲労を感じた日はなかつた。二時半過ぎた頃でもあつたらうか。『二人だけ生きる〳〵』『あとは皆死刑だ』『あゝ二十四人！』さういふ声が耳に入った。……予はそのまゝ何も考へなかつた。たゞすぐ家へ帰つて寝たいと思つた。それでも定刻に帰つた。帰つて話をしたら母の目に涙があつた。『日本はダメだ。』そんな事を漠然と考へ乍ら丸谷君を訪ねて十時頃まで話した。」（一月十八日）

「朝に枕の上で国民新聞を読んでゐたら俄かに涙が出た。『畜生！　駄目だ！』さういふ言葉も我知らず口に出た。社会主義は到底駄目である。人類の幸福は独り強大なる国家の社会政策によつてのみ得られる、さうして日本は代々社会政策を行つてゐる国である。と御用記者は書いてゐた。」（一月十九日）

啄木が御用新聞に対しておさえることのできない怒りを感じた日、明治天皇制政府は、二十四人のうち、十二人を無期に減刑した。二十四人に対する極刑が、国民に与える衝撃をおし静め、同時に、天皇に対する神がかった、盲目的信仰を深めさせようとする、一石二鳥をねらった狡猾《こうかつ》な政策であったことは明らかである。啄木はその点を鋭く見抜いていた。啄木はそれから四か月後の五月に書いた、「A LETTER FROM PRISON」に付した「EDITOR'S NOTES」の中で、「死刑の宣告、及びそれについで発表せらるべき全部若しくは一部の減刑――即ち国体の尊厳の犯すべからざることと天皇の宏大なる慈悲とを併せ示すこと」であったと、鋭くこの恩赦の本質を暴き出したのであった。

幸徳秋水ら十一名は、判決からわずか六日後、一月二十四日に死刑を執行された。そして、翌二十五日朝には管野スガも絞首台にその命を断たれたのである。

「普通、最も凶悪な殺人犯人でさえ、大審院で最後の判決が下されてから、少くとも六十日を監獄で過すことが許されていた」（片山潜『日本の労働運動』、三七六頁）にもかかわらず、十二名の死刑は、フルスピードで執行された。その一週間後の二月一日、徳富蘆花は、新渡戸稲造が校長をしていた一高で講演し、これは「死刑ではない、暗殺、暗殺である。……幸徳らは、時の政府に謀反人とみなされて殺された」のであると叫んだ。

啄木が、この「大逆事件」の真相を「後々への記念」にしようと書きとどめた「日本無政府主義者陰謀事件及び附帯現象」をまとめ上げたのは、幸徳秋水らの死刑執行の日の夜であった。

(9) 啄木の「大逆罪」の認識は早かった

六月一日に、幸徳秋水が湯河原の天野屋旅館で逮捕され、六月五日に無政府主義者の「陰謀事件」として記事解禁となった。啄木は後に、「日本無政府主義者陰謀事件及び附帯現象」の六月五日の項に、「この日の諸新聞に初めて本件犯罪の種類、性質に関する簡単なる記事出て、国民をして震駭《しんがい》せしめたり」と書いている。以降、全国各地での社会主義者などの検挙が相次ぎ、その報道が連日にわたって大々的になされた。しかし、この時点では、この「陰謀事件」なるものが、刑法七十三条の「大逆罪」にかかわる事件であることについては、当局は厳重な情報封鎖の体制をとった。この事件の本質が一般的に明らかになるのは九月半ば以降のことである。

ここで考えたいことは、啄木が、「事件」が明治刑法七十三条にかかわる、いわゆる「大逆事件」であると知った時期はいつか、という問題である。その時期によって、啄木の多くの作品の色あいが全く異なってくるからである。

啄木は、朝日新聞の校正係として働いていた。今も昔も、大新聞社は、ありとあらゆる情報の集中点である。それらの中から読者に提供する情報を選択し、編集、印刷するのである。

「大逆事件」関係の、とりわけ被告たちに対する捜索、逮捕、勾留などの令状には、刑法上の該当条項を明記されていると考えるのは、ごく自然な常識でさえある。朝日新聞はそうした情報を、全国的に配置された地方記者の報告などから、十分知り得たであろう。しかし、刑法七十三条事件と書くことも、匂わすことも、軍事的警察的な桂内閣は絶対許さず、まさに九月段階まで徹底した情報封鎖政策を強行したのであった。そのもとでの新聞記事と発行の許容であった。

事件についての表現の自由は、こうして奪われたが、新聞社内では恐らく多くの人々が、おおわれた真実は知っていたに違いない。こう考えてくると、啄木の刑法七十三条にかかわる事件との認識は、きわめて早かったであろうと想像することは、自然なことである。

この問題は、啄木研究の上の一つの重要問題として論争にもなったが、戦後、啄木研究家の清水卯之助は、明治四十三年六月下旬には、すでに啄木は、「大逆罪」を認識していたと主張。清水は、一九八一年一一月に岩城之徳と共に日大図書館秘蔵の「大逆事件」の「訴訟記録」を調査し、その結果「大逆事件」関係令状などすべて、明治四十三年五月三十一日以降「刑法第七十三条ノ罪被告事件」となっていることを実証的に明らかにした。

このような研究経過をふまえれば、啄木の「大逆事件」の認識は、清水卯之助の主張のように、明治四十三年六月ということであり、啄木研究の上では定説となった。

以下の私の論は、こうした前提の上にたつ。

「大逆事件」発生から四十日後の七月十五日（啄木の「大逆事件」認識の約半月後）、啄木は何か心に期するところがあったように、のちに『明治四十三年歌稿ノート』と呼ばれることになる、一冊の新しい洋無罫ノートを準備した。そしてその第一ページに、「七月十五日夜」とした三首の中に次の一首があり、明らかに「大逆事件」をおさえているということが感じとれる。

かゝること喜ぶべきか泣くべきか貧しき人の上のみ思ふ

この一首は、作歌時点から見て、啄木が「事件」の本質を刑法第七十三条に関わるものと認識して歌った最初のものである。短歌表現としては結晶度が必ずしも高くはないが、しかし、「大逆事件」を意識した作品としては、近代文学の最初に位置する記念碑的な作品ともいえるものである。

この「七月十五日夜」の作品に続いて七月中に次の様な作品を作っていることも注目してよいことであろう。

はたらけど〳〵猶我が生活《くらし》楽にならざりぢつと手を見る（七月二十六日夜）

耳かけばいと心地よし耳をかくクロポトキンの書をよみつゝ（前同）

邦人の心あまりに明るきを思ふとき我のなどか楽しまず（七月二十七日朝）

赤紙の表紙手ずれし国禁の書よみふけり秋の夜を寝ず（前同）

ことさらに燈火《ともしび》を消してまぢ〳〵と革命の日を思いつゞくる（前同）

右の作品のうち、この年の暮れに出版した第一歌集『一握の砂』に原作のままの表現で入っているのは一首目と、最後の歌だけである。「赤紙の」の歌は、すぐれた歌であるのにこのままの表現では歌集に入れず現在進行の時制を過去化して「書を行李の底にさがす日」として歌集に収めたのは、明らかに発禁を恐れて修正したものであろう。

最後の歌は、下の句を「思ひてゐしはわけもなきこと」と改作して歌集に収めている。改作した歌は、原作より結晶度の落ちた迫力のない歌になってしまっているが、この作の前歌と同じように、原作のままでは必ず発禁の弾圧をうけるだろう、という懸念からのものだった。原作より作品表現を低位なものとしながらも、啄木は、刑法七十三条にかかわる「大逆事件」に触発された作品を、はじめての歌集の中に何としても残したかったのであろうと思う。

それほど、啄木にとって、この「事件」は衝撃的だったのである。『一握の砂』所収五百五十一首のうち、その八三パーセントが明治四十三年作によって編集されていることも、この「事件」の衝撃を物語るものといえるのである。

⑽ 矢代東村「絞首台」の歌

後の話である。

革新的な弁護士で、プロレタリア短歌運動の重要な担い手でもあった歌人矢代東村《やしろとうそん》が、「市ヶ谷刑務所」と表題して短歌雑誌『日光』（大正十三年八月）に発表した二十一首の作品の中に「絞首台」と小題した五首がある。その中から三首を引く

絞首台へ
ゆく一本の枯れ芝道
たゞ、事もなく日があたってる。

絞首台の鉄の扉は赤さびて

さはれば赤く手にさびがつく。

事もなく
説明をする典獄の
顔のかなしさよ。絞首台の前に。

弁護士で歌人でもある柳沢尚武氏は『法と民主主義』（日本民主法律家協会）連載の矢代東村についての評論（二〇〇六年八月）の中で、この歌は、「大正十一年十月に監獄官制改正」があり、その関連で「弁護士会主催の見学会がおこなわれたのではないか」と推測されている。

この「絞首台」の歌を読んでいると、私には、歌の背後に「大逆事件」の十二人の死刑囚が張りついているように思われてくる。矢代東村も同じことを感じたであったろうと思わせてくる。

「絞首台へ／ゆく一本の道」は、その日の被告たちの姿がまざまざとする。「枯芝道」以下は、時経て立ち止まって追想する作者の自画像である。「大逆事件」の被告らが絞首刑にされてから十年以上たった時点である。その時の経過の表象が「赤さび」であろう。刑死した十二人の被告たちの血と思いが伝わってくる。「さわれば」には思わずそう歌った作者の意志をうかがわせてくる。

典獄は実務的に、乾いた感情で「事もなく」説明しているのであるから、「顔のかなしさ」は表現上の違和感がある。それは、作者の自画像の表現「かなしさ」を他者のものに置きかえようとした所から生まれたものと、私には感じられる。

矢代東村の短歌「絞首台」は、まぎれもなく十二人の死刑囚に対する鎮魂歌であったと思えてくる。それはまた、「大逆事件」に立ち向った啄木を受け継ごうとする、矢代東村の若き日の決意を表現した、近代短歌史の記念碑的作品といえるであろう。

⑾ 第二十七帝国議会②

第二十七帝国議会が再開されたのは、明治四十四年一月二十一日であった。「大逆事件」二十六名の被告への大審院判決は、すでに三日前にあり、翌日、恩赦により、十二名は罪一等を減ぜられ無期懲役となり、残る十二名の死刑は確定した。その経過については、すでに述べて来た。「大逆事件」の秘密裁判は終了したが、啄木における「大逆事件」への関心はさらに進行過程にあった。

啄木の目にすでに明らかにとらえられていたのは、「教育勅語」（明治二十三年十月三十日）にいう「朕カ忠良ノ臣民」といい、日露戦後の国民思想の教化を狙った「戊申《ぼしん》証書」（明治四十一年十月三十日）において、「我カ忠良ナル臣民ノ協翼ニ倚藉《いしゃ》（頼みとする＝引用者）シ」などと、国民に身をすり寄せんばかりの姿とは真逆の、神権的天皇・天皇制の荒ぶる容赦のない弾圧の姿があった。啄木が前年八月末に書いた画期的評論「時代閉塞の現状――強権・純粋自然主義の最後及び明日の考察」で述べた「強権」とは、啄木が新しく捉え直した神権的天皇・天皇制を擬したものであった。

そして、第二十七議会再開の三日後と四日後に幸徳秋水、管野スガなど十二名が死刑とされたのである。

第二十七議会は、容易ならぬ情勢の中で、次のような重要案件が目白押しであった。

㈠一九一一（明治四十四）年度政府予算案
㈡「大逆事件」をめぐる問題
㈢前議会で撤回した「工場法案」の再提出
㈣普通選挙問題
㈤三税廃止問題（国民党提出の、塩専売法、通行税法、砂糖消費税）

これらの議会提出案件だけでなく、すでに教育界で大きな論議をまきおこしている「南北正閏問題」が、議会で大問題となることは必至であった。

第二十七帝国議会時点における、政党・会派の配置状況は、次の通りであった。

①立憲政友会　二百四人
②立憲国民党　九十三人
③中央倶楽部　五十一人
④無所属　三十人
　合計三百七十八人（『帝国議会史』上、四八二頁）

西園寺公望率いる政友会が絶対多数を占めていた。この間、第二十五、二十六議会を通じて、憲政本党は立憲国民党に、大同倶楽部は中央倶楽部へと改称され、猶興会は又新《ゆうしん》会となったものの、政党再編の波にのまれて消滅した。したがって、議会に与党をもたず、「超然内閣」といわれた桂内閣は、この議会を乗り切るためには当然のこととして、政友会の協力をいっそう求めねばならなかった。

政友会の原敬と桂太郎との会合は三回に及んだ。桂は議会対策で政友会の協力をとりつけ（前掲①と桂の御用政党③を合わせると二百五十五人の絶対多数となる）、原敬は、政権授受についての感触を得て、両者の合意は成立したのである。当時、世評はこれを「情意投合」と評したという。今日の言葉でいえば、密室談合における取り引きであり、野合であろう。政治的腐敗といってもよいことである。

啄木は、第二十七議会招集の翌日、明治四三年十二月二十一日、函館の友人宮崎郁雨宛の手紙の中で、「時間さえあったら屹度《きっと》書きたいと思ふ」ものの一つとして、「第二十七議会」というテーマをあげている。その内容は、「毎日議会を傍聴した上で、今の議会政治のダメな事実によって論評し、議会改造乃ち普通選挙を主張しよう」（傍点、啄木）というものであった。第二十七帝国議会の課題は、啄木にとって、どれも大きな問題を内包するのであって目を離せないほどの強い関心を抱いていたことを示している。

⑿「泣いてやりしかな」考②

珍らしく、今日は、
議会を罵りつつ涙出でたり
うれしと思ふ。

『悲しき玩具』所収の歌である。初出は、一九一一（明治四十四）年の『創作』二月号である。作歌日時は同年一月十七日の夜のことであることは、次の啄木日記でわかる。

「休み。おそく起きた。午後になつて白田が花田百太郎といふ青年を連れて来た。予に会ひたいと言つたのださうである。九州の生まれで、髙橋光威といふ代議士の書生をしてゐる文学青年である。不恰好な顔をしてゐたが何となく真率な点が気に入つた。そして暗くなるまで気焔を吐いた。『明日』！　それが話題であった。

二人が帰つて行つて飯を食ふと、急に疲労を感じた。さうして九時頃までも行火《あんか》に寝た。九時頃に起きて歌を作つた。」

髙橋光威《みつたけ》についてはすでに⑷（三六頁）でふれて来たように新潟県選出の、政友会所属の代議士である。

第二十七議会が、年末、年始の休会を経て再開されるのは、一月二十一日であるから、岩城之徳が『啄木歌集全歌評釈』（三二七頁）で、「珍らしく」の歌について、「無力な議会は桂太郎内閣に押し切られたので、啄木は不満に思ってこのように歌った」と述べているのは、すでに述べたように不正確である。「珍らしく」の歌は、一月十七日夜の作であり、第二十七議会の再開する四日前の作だからである。

藤澤といふ代議士を

弟のごとく思ひて
泣いてやりしかな。

明治四十四年二月四日、啄木は、慢性腹膜炎の手術のため、医科大学附属病院青山内科一八号室に入院した。この日に、藤澤元造は「南北朝正閏問題」についての質問主意書を国会に提出した。啄木は、入院して三日後の二月七日に手術をした。十五日には、余病が出なかったので病室がかわった。その二日後の二月十七日の日記。

「南北朝事件で昨日質問演説をする筈だつた藤澤元造といふ代議士が、突然辞表を出し、不得要領な告別演説をして行方不明になつた。」

と書き、二日おいた二月十九日の日記には、「午前に『創作』へ送るために十六首の歌を作つた」と書いており、それゆえ、この歌の初出は、『創作』三月号ということになるのである。これらの事から、「藤澤といふ代議士を」の歌は、二月十九日午前の作であることがはっきりする。

一九〇九（明治四十二）年に刊行された国定教科書『尋常小学校日本歴史』では、南北両朝分立は歴史的事実としてそのまま認められて来ていた。ところが、六月に「大逆事件」がおこり、その影響もあって、国民精神の「不逞《ふてい》」（従順でない、勝手なふるまい＝著者）は、教科書の記述の不適切からおこることであると批判され、南朝を正統とする大義名分論がさかんとなり、ついに帝国議会においてそれが問題となり、文部省および関係者の責任が追及されるという事態となったのである。

これは明らかに、歴史的事実を認めず、表現の自由を犯す、逆流でもあった。

藤澤元造代議士（無所属、『議会制度百年史・資料』、六〇〇頁）は、南朝正統論の立場から、「南北朝正閏問題」で、二月四日、議会に質問主意書を提出し、それにもとづき二月十六日の議会で演説をすることになっていた経過については、すでに述べて来た。ところが、藤澤代議士は、質問主意書を撤回し、演説をやめ、議員さえ辞職してしまったというわけである。この不可解な行動は、啄木ならずとも、不審とし、わけても国会では大問題となったのは当然である。

『原敬日記』第三巻（九〇頁）には、この舞台裏をうかがわせる、次の様な記載がある。

「昨日の議場にて大阪郡選出の藤澤元造なる者辞任せしが、同人は教科書中に南北朝の事に関し従来の正閏論を捨てたるに憤激したるに政府は非常に驚きたるものと見え、小松原文相などが数回会見して慰撫せしも聞入れざりしと内聞せしに、遂に其質問書を撤回して而して辞職せり、其辞任の理由を演説せしが半狂人として見るの外なく、支離滅裂聞くに絶へざりしなり、桂が昨日云ふところにしても、会見を求められた大臣室にて会見せしに、頻りに流涕して全く狂人の態なりしと云へり」(二月十七日)

マスコミも連日、こうした経過を詳細に報道した。彼らは、藤澤元造代議士をどう追っていたか。『自由と民権の闘い』(前出)は、次のように描いている。質問演説をする前日、藤澤元造が上京したという知らせで、友人達が新橋駅に出迎えに出たが、彼を見つけられなかった。「藤澤代議士はそのとき、桂首相の邸内にいたのである」と書いた続きである。「朝日新聞」の記事も援用している。

「その夜、藤澤代議士は自分の宿には帰らず、神楽坂で乱酔した。夜十時ごろ迎えの車で親友の一人がかけつけたとき神楽坂の料理店『するよし』にいた藤澤代議士は『五体なえたるが如く乱酔し……オレはきょう桂から大歓迎を受けたよ、桂がオレを擁して接吻までした。えらいご馳走になった。オレは桂の車でまわってここへ来た』（東朝）」（前掲書、二〇九頁）

啄木が校正係をしていた「東京朝日新聞」も、二月十六日の紙面で、「政府の毒酒に酔ひ」「狂乱の一夜を送る」などの大見出しで、藤澤の行動を、ことこまかに報道した。

桂首相は、現天皇は北朝の系統などといわれて紛糾を重ねていたこの問題について、天皇に上奏したところ、天皇が「南朝が正統だ」といったといわれ、ようやく問題は沈静化した。その上に立って文部省は、教科書の「南北朝」を「吉野の朝廷」と改めるなど記述上の改正点のいくつかを通達として出し、「教科書編集の責任者喜田貞吉博士を休職処分にして、問題を教科書検定の不備にすりかえ」（前掲書二一〇頁）て、決着した。

事件の立役者である藤澤元造の醜態を極めた一挙手一投足は、マスコミにとらえられて報道された。これらの報道の中の藤澤元造は有頂天でさえあった。

啄木の藤澤元造代議士の歌は、「弟のごとく」思って、「泣いてやりしかな」といっているため、啄木が「桂内閣の圧迫を受け姿を隠した政友会（無所属＝引用者）藤澤元造代議士に同情をよせた一首」（岩城之徳『啄木全歌集評釈』、三五〇頁）とか、あるいは「欲望や理想を実現できず現実に屈服させられている作者自身のみじめさを、藤澤代議士の心情に投影する」（今井泰子註釈『石川啄木』、角川書店、一九二頁）などの理解に私は違和感をもつ。岩城説は、作品の言葉の表にもたれすぎていると思えるし、今井説は逆に、心理的に穿《うが》ち過ぎて啄木の実感からそれていると思えるからである。

実作者の言葉や立場からいうならば、「泣いてやりしかな」という表現は、高みから投げ捨て、つき放しているような冷やかさで、「同情」や「作者自身のみじめさ」とは距離があろう。

私は、「大逆事件」に遭遇した啄木が、すでに「時代閉塞の現状」の評論を書き、短歌「九月の夜の不平」を歌ってきた経過をおさえ、その切りひらいていった思想の前進を考える時、わけても違和感を強くする。

啄木は、「大逆事件」以前から、特別に言葉について深い注意をはらった。意気込みすぎた言葉づかいが思わぬ弾圧を誘発することも、実感していた。わけても、「国体」や天皇制に触れる時は、用心深く、表現は婉曲的であった。しかし、啄木は、言葉は時代を負っている、負わねばならないと考えていた。たとえば、明治四二年三月三日の宮崎郁雨宛の手紙で、「作物は其時代と作者自身の性格と結合して初めて生まれるものだ」といい、また評論「食《くら》ふべき詩」で次のように主張しているのは、もっともよく集約的に言葉と時代との関係を表現したものである。

「我々の要求する詩は、現在の日本にし、生活し、現在の日本語を用ひ、現在の日本を了解してゐるところの日本人に依て歌はれた詩でなければならぬといふ事である。」（圏点＝啄木）

こうした啄木の考え方からいうならば、あの「藤澤といふ代議士」の歌が、啄木が「了解」した時代を背負って歌われていることは明らかであろう。それゆえに、このことを置きざりにしたような「同情」論や「作者自身のみじめさ」などに、強い違和感をおぼえるのである。

啄木はすでに「大逆事件」を経過し、十二人の被告の死刑に直面した。「強権」――神権的天皇・天皇制の姿をさらに深くとらえていた。啄木の思想はなお前進状況の中にあった。そのことを考えれば、この啄木歌に対する先学の解釈には、いっそう違和感が深まるのである。

第二十七帝国議会に提案された「工場法案」への啄木の関心は、劇的に「大逆事件」の探求にとって代わられた。「工場法案」はさきに述べたように、第二次桂内閣によって、第二十六帝国議会に提案されたものの、政友会の反対で、政府はこの法案を撤回してしまった。しかし、前「法案」を修正(改悪)して、第二十七帝国議会に再提出して来たのである。「大逆事件」や「韓国併合」を強行して来た明治の絶対主義的天皇制政府は、労働運動や社会運動の政府政策に反対する動きを先まわりして押え込む重要な社会政策として、この「工場法案」の再提出を急いだ。

それは、労働者への同意の擬態を示しながら、本質的には何よりも独占資本主義の段階に入った情勢の中で、渋沢栄一などの反対を先頭とする資本家階級の意志にそったものであった。資本主義の発展状況に応じた、新しい生産体制をつくる上で、「工場法」の制定は、彼らの要求でもあるという面をもっていた。「法の根本目的たる労働の保護」（片山潜）はものかわ、前国会がとり下げた法案内容をさらに改悪したものが、第二十七帝国議会に提案してきたのである。

片山潜は、『東洋経済新報』第四〇号（明治四十三年十一月五日）の「工場法案を評す」の中で、こうした反動的な改悪法案は「沙汰の限りと云うべし」と、強い怒りをもって突き放していた。

「工場法案」は、衆議院でさらに次のような主要点の修正（改悪）がなされた。

①法の適用工場を労働者「十人」から「十五人」とされた。つまり「十人」以下の零細企業の労働者は、さらに過酷な労働環境に落し込まれることになる。『週刊・社会新聞』第七十七号（三月十五日）は、「工場法案通過す」の中で、「此結果小工場に於ける労働者は一層の虐待を受けるであろう」と警告した。

②政府原案では、一日を十二時間の労働時間と定め、月に七日を超えない範囲で、二時間の延長労働を認めるとしていたものを、さらに改悪して、一年百二十日以内で、就業時間一時間延長できるとしたのである。つまり、一か月十四時間の延長労働を二倍以上の三十時間とした、などが、中心的な改悪点であった。

改悪修正の「工場法案」は、明治四十四年三月二日に衆議院を通過し、貴族院に送られ、三月二十日に成立した。

「工場法」制定については、社会政策学者たちが、直接、間接に少なからぬ貢献をした事実はあるが、その「社会政策学者にあってもまた、労働者保護は、国策的な見地をはなれては存しなかった」（風早八十二『日本社会政策史』上、一七八頁）とし、その立法理由の立場は、「中小企業の利害に反して巨大独占資本（明治三十年乃至四十年に早激《ママ》にその地歩を確立した）の利害に一致することになった」と風早八十二は指摘した（前掲書、一七八頁〜一七九頁）。このことは、もっとも開明的とされた社会経済学者の桑田熊蔵が、法案通過の日に貴族院で行なった発言によく表われていよう。

「『本案は我国社会政策の基礎をなすものでありまして、我国七千萬の労働者の利害休戚に密接の関係があるものであります。』となしつつ、他方において、『我国の国防軍備に非常なる関係ある問題と考えます。年々三億の軍事費を抛《なげう》って海に五十萬噸の船を浮べ、陸に百萬の兵を養っている我が帝国の前途が此の工場職工の為に遂に危機状態に陥ると思えば、どうか諸君に我が国家の前途のために本案に御賛成あられんことを願います』」（風早八十二前掲書、一七八頁。カタカナはひらがなに＝引用者）

第二十七帝国議会で成立した「工場法」の施行は六年後（大正六年）からであった。啄木は「百回通信」の中で、当時の第二十六議会への「工場法案」提案の動きを論評し「有るは無きに優る」と述べていた。しかし、第二十七議会では、改悪に改悪を重ねられ、もはや、「無きは有るに優る」状態となってしまったのである。こうした経過には、資本の側の強力な意志を感ずるのである。それはつきつめれば「工場法は、個別資本の温情に代る国家全体の観点から必要とされたが、それは天皇制国家の温情の発露として説明された」（堀尾輝久「日本の社会主義」、『日本政治学会報』、一九六八年、一七二頁）ということになろう。

まさにこの指摘のように、「工場法」に残されたわずかばかりの「温情」でさえ、天皇制政府は、六年間も出し惜しんだのである。

第二十七帝国議会で「工場法案」論議の時期、啄木は、「大逆事件」に魂を奪われたように、その真相究明と、その事件を後世に伝えるために、関係資料の収集と、その整理のために全力をあげていた。

啄木は、幸徳秋水らが死刑にされた日、その衝撃に耐えながら、集めた資料を整理、「日本無政府主義者陰謀事件経過及び附帯現象」にとりまとめた。したがって、第二十七帝国議会での「工場法案」論議への論及は、ついに一言も出来なかった。

「日本無政府主義者陰謀事件経過及び附帯現象」をまとめたあと、啄木の健康状態は急速に悪化し、二月四日に東京帝国大学構内の医科大学附属病院に入院し、二月七日に慢性腹膜炎の手術を受け、十五日退院した。それ以降、啄木の健康は元に戻らず、徐々に伝記的生涯の終りに近づいていくことになる。

⒀ マルクスの「工場法」との出合い

啄木は、病気療養中も議会への関心を持ち続けた。特に普通選挙法改正はその一つであった。

第二十七帝国議会に提案された「普通選挙に関する法律案」の成りゆきについて、簡単に見ておきたい。提案理由は、男女差別の時代の限界性をもちながらも、一定の積極性を持っていた。当時の選挙権は、直接国税十円以上収める者のみが有していたため、大金持ちや地主のなかでも選挙権を持つ者は少なかった。それは、当時の人口五千万人のうち、選挙権を持つものは、わずかに百六十万人（三・二パーセント）に過ぎなかった。この状況は、立憲主義の建前に立つ明治天皇制政府にとっても、決して好ましいものではなかった。そこで、満二十五歳以上の男子は選挙権を持つとしたのが、第二十七帝国議会への提案内容であった。これまでも、しばしば国会に提案されて来たが、その度に廃案とされて来たものであった。第二十七議会では、論議のすえ、二月十一日、衆議院ではじめて可決された。

ところが、皇族、華族、勅選議員、多額納税者など、絶対主義的天皇制の本陣を形成する特権階級から成る貴族院では

「今日のみならず将来においても、この普通選挙の案はこの貴族院の門に入るべからずをいう札を掛けてお」きたいとして、全会一致で否決した（『帝国議会史』上、四八六頁）ので

ある。したがって法案については、第二十七帝国議会では、成立することが出来なかった。このことは、戦前の貴族院が、いかに反動的であったかを示すものである。
啄木が「議会改造」をした上で、普通選挙の実現を切望したのは全く正しかったのである。

「僕は長い間、一院主義、普通選挙主義、国際平和主義の雑誌を出したいと空想していました」（平出修宛、明治四十四年一月二十二日）
「君、来年の総選挙には、君等の同志会から誰か一人中立の人物を立てゝ、運動してみてはどうだね。選挙といふ事には慣れておく必要があると思ふ。今は大抵の人間がもう小橋みたいな政治屋はいけない事を知つているから案外成功するかも知れない」（宮崎郁雨宛、明治四十四年八月三十一日）

啄木の死の前年の明治四十四年は、入院以降は、ほとんど病床生活といってよかった。毎日のように、結核特有の発熱に悩まされた。その中で、啄木は必死になって、主要な社会主義関係の文献を筆写することで学ぼうとした。啄木が病気とたたかいながら、筆写したものは次のようなものである。

①「日本無政府主義者陰謀事件経過及び附帯現象」（明治四十四年一月二十三日〜一月二十四日、日記）

②トルストイ「日露戦争論」（明治四十四年四月二十四日〜五月二十日、日記）

③「A LETTER FROM PRISON」（明治四十四年五月十四日〜五月二十六日、日記）

④クロポトキン「ロシアの恐怖」（明治四十四年十月〜十一月十一日、日記）

⑤マルクスの『資本論』（『大阪平民新聞』より）

⑥「万国労働者同盟」（同右）

⑦「第七回万国社会党大会」（同右）

右のうち、⑤⑥⑦の筆写ノートは、函館市中央図書館に所蔵されている（啄木文庫）が、『石川啄木全集』には収録されていない。ただ、旧版の『啄木全集』（一九六七年刊）第八巻には、「参考資料」として⑥⑦を「社会主義文献ノート」の表題で収録されている。いずれも『大阪平民新聞』（『平民新聞』の廃刊後、明治四十年六月、森近運平により創刊。十一月より『日本平民新聞』と改題）に掲載されたものである。

私はかつて前記⑥と⑦について「社会主義文献ノートの研究」と題して、ややくわしく論じたことがある（『石川啄木――その社会主義への道』かもがわ出版、所収）ので、ここでは⑤についてだけふれておきたい。

⑤は、『大阪平民新聞』第六号（明治四十年八月二十日）から、第九号（十月五日）まで、四回にわたって連載された山川均の『資本論』第一巻の内容紹介と、『資本論』の学習方法についての翻訳の要約であり、啄木はそれを筆写したのである。

山川均は、この連載第一回の冒頭を「マルクスの名を社会主義に結びて永久に伝ふるものは共著『資本論』（Das Kapital）にして『資本論』は欧州に於ては労働者階級の聖書と迄称せらる」と書き出している。山川均の翻訳紹介は次のようであり、その総題は「マルクスの資本論」であった。

第一回　『資本論』の由来（第六号、明治四十年八月二十日）
第二回　『資本論』の概観（第七号、九月五日）
第三回　『資本論』の概況（続き、第八号、九月二十日）
第四回　『資本論』の読み方（第九号、十月五日）

当時の日本には、まだ『資本論』の完訳がなく、一般にこの著作は知られていなかったので、山川均は研究資料として連載紹介したものである。その意味では、先駆的であったといえる。

山川均の「マルクスの資本論」の紹介評論の中で、啄木が関心を持ち続けた「工場法」の言葉が出てくるのは、連載三回目の第八号の六面である。それは、次のように書き出されている。

「マルクスは進《すすん》で工場制度発展の跡を繹《たず》ねて現今の階級闘争に到達し、機械不断の進歩は絶えず労働の強度を加へ、且つ絶対的に又は比較的に生産界より労働者を駆逐《くちく》し人間を駆《かっ》て機械の完全なる支配の下に属せしむるが故に、労働者対機械の競争は階級闘争の一現象として生起せざるを得ず。然して労働の分業及び生産組織の裡に存する矛盾は、機械の革命に依て基《もとい》を置きたる現行の産業社会を直《ただ》ちに覆《くつがえ》さんとするものなり。然るに工場法は此新状態の下に、労働者として僅かに生存の余地を有せしめ、以て資本家生産組織の覆滅を免れんとするものなり。」

句点「。」は三個、読点「、」は合計五個しかもたない、この文章は、決して読み易くはない。啄木は『悲しき玩具』で、句読点はもとより、あらゆる表記の記号を総動員しているが、「朝日新聞」の校正係であった啄木にとっては、こうした文章は読み馴れていたことであろう。

この書き出しは、「工場法の意義」という小見出しを、四、五行目の頭にまたがっておいてある。約四百字の山川均の解説全文である。この部分を含め、山川均の四回の連載文は四百字原稿用紙で約三十枚をこそう。

旧版『啄木全集』の「社会主義文献ノート」の「解説」で石川正雄は次のように書いている。

「啄木はその一字一字もゆるがせにせず、まるで頭にきざみつけるようにその長い連載文を筆写している。筆写というものはもっとも有効な勉強方法で、彼がいかに熱心にそれを吸収しようとしたか、とその筆跡からでも想像することができる。」

私は、函館市中央図書館所蔵のこのノートを見ていない。しかし、石川正雄の解説を読むと、啄木の筆写のおりの感動がひしひしと伝わってくる。

すでに述べて来たように、明治四十三年六月以降の啄木の全関心は、「大逆事件」に注がれていた。あれほど熱意を示していた、第二十七回帝国議会への関心も、はるか後景に退いたようにうかがえた。然し、『大阪平民新聞』の「マルクスの『資本論』」を筆写しながら、かつて『岩手日報』での「百回通信」で、力をこめて「工場法案」について論じたことを新鮮な思いで回想したに違いない。筆写の紙面にマルクスの名で「工場法」が出て来た時の啄木の驚きを想像する。

山川均の連載第一回のあとに「編輯者申す」として「『資本論』『共産党宣言』『科学的社会主義』の三者は社会主義の三経典と称せられ最も重要なる著述也。而して『資本論』は其大さに於て、其研究の深遠なるの点に於て、其首位にあること本文説明の如し。」といった小文があるが、すでに啄木は堺利彦の『社会主義研究』の誌上で、『共産党宣言』も『科学的社会主義』も読んでいたことであろう。啄木の死後に残された「国禁の書」の十九冊の中にも『社会主義研究』が含まれていた。

啄木は、「マルクスの『資本論』」を筆写する中で、マルクスが資本主義の発展の上で

「工場法」をどう位置づけたかも初めて知ったのではないかと思われる。その驚きも、石川正雄の「一字一字頭に刻み込むように」という表現の中に含まれているとしても不思議ではない。

石川啄木は、伝記的にはあと一年を切るような生涯の地点で、病いとたたかいながら、筆写という方法で学習し、自分の思想をさらに社会主義の方向に深化、発展させようとしていた。

第二部

石川啄木とストライキ

(1) 啄木における第一のストライキ

ストライキ思ひ出でても
今は早やわが血躍らず
ひそかに淋し

この歌は、歌集『一握の砂』所収で、初出は『スバル』明治四十三年十一月号である。歌集では、この作品に続いて、「盛岡の中学校の／露台《バルコン》の／欄干《てすり》に最一度《もいちど》我を倚《よ》らしめ」という作品がおかれているから、「ストライキ思い出でても」の歌は、明らかに盛岡中学校時代のストライキであることがわかる。啄木がストライキというものに、直接かかわったのは、生涯に二回であったろう。この盛岡中学校時代のストライキと、後年の渋民小学校の代用教員時代である。

盛岡中学校時代ストライキの経過については、岩城之徳の「伝記的年譜」(『石川啄木全集』第八巻所収)に、要点がまとめられているので、それを借用する。時は明治三十四(一九〇一)年、啄木十五歳、盛岡中学三年J組。担任は富田小一郎教諭である。

「二月二十五日　この年のはじめより教員の欠員と内輪もめに対して三年・四年の生徒間に校内刷新の機運が高まったが、この月三年乙組、丙組の夏井庄六助教諭心得(歴史・漢文担当)と、高木一慰教諭(歴史地理担当)に対する授業ボイコットが行なわれた。

二月二十六日　啄木のJ三年組もこの日行なわれた担任の富田小一郎教諭の訓戒と説得に拘らず、級長の阿部修一郎の指示で放課後全員市内招魂社社務所に集合してストライキに合流を決議。反対者四名を除いて校長に提出する具申書に署名捺印した。

二月二十八日　啄木と阿部修一郎、佐藤二郎の起草した具申書を多田綱宏校長に提出、このころ四年生も杜陵館や八幡宮社務所に集合して排斥教育について協議し、校長を訪問、校内刷新のため波状攻撃を加えた。

三月一日　杜陵館において三年四年合同のストライキ大会が催されたが、知事北条元利の内命を受けた岡嶋献太郎教諭(英語担当)が出席して、知事の意向を伝達して説得したので、皆三月四日から七日までの試験を受けることになった。この事件は学校内外を震撼させたが、知事の裁決により教員の大異動が発令され、二十八名の定員中多田校長以下二十四名が休職転任または依願退職となった。生徒側の犠牲者は三年の首謀者及川八楼一名で、四年進学と同時に諭旨退学。

三月三十日　校長多田綱宏休職を命ぜられ教頭下河辺藤磨校長心得を命ぜられる。同日修業証書授与式。啄木は四年に進級。三年終了時の成績は平均七十点。席次は学年百三十五名中八十六番であった。

四月一日　この日中学校令の改正により校名が岩手県立盛岡中学校と改称された。（旧名岩手県盛岡尋常中学校）

日露戦争後、とくに明治三十年代は、社会運動、労働運動が活溌化し、ストライキが飛躍的に増大した。のちに啄木が深い関心を示すことになる、日本で最初の大ストライキである東北線機関方のストライキ（明治三十一年）は、明治三十年代の幕あけであった。そうした情勢の発展が、二か月後に「矯正会」と名のる労働組合の結成となった。

村井知至、阿部磯雄・片山潜、幸徳秋水らが、社会主義研究会を結成（明治三十一年十月）、

翼明治三十二年十月には、片山潜が中心となり、普通選挙期成同盟会が結成されるなど、情勢は、二〇世紀の幕あけに向って激動していった。

明治三十三（一九〇〇）年二月、足尾鉱毒被害民五千人が、徒歩で上京途中、三百名の警官に弾圧される事件、あるいは、東京湾船頭五百人の越年資金要求ストが起るなど、世情は騒然としたものとなった（渡部義通・塩田庄兵衛『日本社会運動史年表』大月書店、による）。

こうした社会の激動状況は、盛岡中学の生徒たちの中にあった、校風刷新を求める進取の気性に大きな刺激を与えずにはおかなかったであろう。

このストライキ事件で、中学三年間を担任として親しんだ富田小一郎教諭も転任した。啄木は八年後に『岩手日報』に書いた「百回通信」（明治四十二年十月五日〜十一月二十一日、二十八回）の最後の二回分に、富田小一郎をなつかしく回想している。

「二年に進みて丁級に入る。復《また》先生の受持たり。時に十四歳。漸く悪戯の味を知りて、友を侮《あなど》り、師を恐れず。時に教室の窓より、又は其背後の扉より脱れ出でて、独り古城跡の草に眠る。欠席の多き事と師の下口を取る事級中随一たり。先生に拉《らっ》せらて叱責を享《う》くる事殆んど連日に及ぶ。……先生漸く予を疎むの色あり。思へば真に夢の如し。」
「先生八戸に去りて数年、蹶然《けつぜん》教職を擲《なげう》って、……県民の産業思想を鼓吹し、併せて新式漁業の範を垂れんとし給ひし也。」
「実に彼の短軀童顔の先生……仰ぐべし欽《きん》ずべし。予心に往年の腕白を恥ぢ合掌して遠くより謝す。」

漢文調であるが、読んでいて、啄木の真情が通ってくるような感じになる文章である。ストライキに由来する、恩師の生活の推移に啄木は心を傷めているのである。昂然として覇気に富んだ、十六歳の啄木が、八年の歳月を経て二十四歳となり、心をこめて恩師を追慕しており、読んでいて、すがすがしい気持となる。啄木の背負った生活の重荷が、啄木の心をやさしくしたのであろう。

「百回通信」を書いた当時、啄木は、ストライキ事件によって職を失ない、遠方への転職を強いられ、生活に大きな打撃をうけた教師たちへの思いやりも、つかみうるほどに成長していたというべきか。ストライキ当時の、少年血気の勝利感は、そこまでの想像力を阻んでいたのであろう。

「百回通信」を書き始めて間もなくの頃、啄木は、不意打ちのような、妻の家出事件を体験した。それは、かつてない衝撃を啄木にあたえたものだった。啄木の生き方、思想と文学に対する痛烈な批判であった。

啄木は家庭生活において、半封建的な家父長意識をもっていた。家出の主要原因である妻節子と啄木の母親との確執についても、妻の立場に立った解決策を考えようともしなかった。個人主義的で、自己中心的な文学観、天才意識や文学天職論は、実生活の軽視を生み出していた――などなど、それらは、妻の家出の理由としては、当然すぎるものがあった。総じていえば、妻の家出の原因は、啄木の「生活」というものがもつ、重みや拡がり、あるいはその深さなどについての認識の欠如に由来している、といえるであろう。

妻の家出事件は、啄木の生き方全体への批判となったものであった。啄木は驚愕《きょうがく》し、狼狽《ろうばい》した。金田一京助や、恩師の新渡戸《にとべ》仙岳などの協力により、妻は、八週間後の十月二十六日の早暁に再び啄木のもとに帰って来た。

どう考えても、妻の家出事件は、啄木の敗北であった。啄木を敗北させたのは、深い内容をもつ「生活」であった。啄木は、この家出事件の根底にあった「生活」を、個人の

「家庭生活」「経済生活」に矮小化せず、一般化し、社会化させていった。

「私は漸くその危険なる状態から、脱することが出来ました。私の見た悪い夢はいかに長かつたでせう」（大島経男宛、明治四十三年一月九日）

啄木のこの告白にウソはなかった。啄木は生まれ変ったように、精力的な評論活動を展開していった。それらは次のようなものだった。

「食ふべき詩」（『東京毎日新聞』明治四十二年十一月三十日より七回連載）
「きれぎれに心に浮んだ感じと回想」（『スバル』明治四十二年十二月号）
「文学と政治」（『東京朝日新聞』十二月十九日より二回連載）
「一年間の回顧」（『スバル』明治四十三年一月号）
「巻煙草」（同前）
「性急《せっかち》な思想」（『東京毎日新聞』明治四十三年二月十三日より三回連載）

啄木は、これらの評論の中で、「生活」を発見し、その延長上に、まぎれもなく居すわる「国家」の姿も見とどけたのであった。

「国家！　国家！

国家といふ問題は、今の一部の人達の考へてゐるやうに、そんなに軽い問題であらうか？」（「きれぎれに心に浮んだ感じと回想」）

語りかけるような、また独り言ともとれる言葉を書いた時、「国家」は、啄木の「感じと回想」の中で、逃さずに見続けていくべき位置にすえられたのであった。

(2) 時代を負った言葉

啄木のストライキの歌は、『スバル』明治四十三年十一月号に発表されたものであることについては、すでに述べた。この作品は、「秋のなかばに歌へる」と総題した百二十首の中の一首である。最初から十一首目に「盛岡中学校の」の歌があり、五首あとにこのストライキの歌が登場してくる。私が注目したいと思っているのは、大群ともいうべきこの一団の作品は、新作のみではないということである。これまでの「歌稿ノート」（全体で四冊、第一巻「解説」）から選び出したりして並べたもので、特別なテーマに従ったものではない。そして、注目すべきは、この年の暮に出版された処女歌集『一握の砂』にすべて含まれているという事である。作歌年代は全部明治四十三年作で占められている。

これらの事から、この百二十首の歌の一団は、量的にも歌集『一握の砂』を構成する主力的な作品群という事になるであろう。もちろん『一握の砂』には、この百二十首群は、解体され、啄木の編集意志にしたがって、その位置を占めることになる。たとえば、

①「病《やまい》のごと／思郷のこころ湧く日なり／目にあをぞらの煙かなしも」は歌集「煙」の章

②「平手もて／吹雪にぬれし顔を拭く／友共産を主義とせりけり」は「忘れがたき人人」の章

③「赤紙の表紙手ずれし／国禁の／書《ふみ》を行李《こうり》の底にさがす日」は、「外套を脱ぐ時」の章ちなみに作品番号を書けば①＝一五二、②＝三五五、③＝五二二となっている。この配列だけからも、啄木の編集意図が滲んでいるように思われる。

『スバル』への選稿は、十月上旬の早い時期であろう。啄木は、『一握の砂』の原稿をようやく出版社に入れる段取りになってから、一行書きの作品を三行に書きかえる作業を、明治四十三年の一〇月四日から九日の間に行なっている（岩城之徳『底本　石川啄木歌集』、學燈社）。そうだとすれば、一行書きの作品を『スバル』に送ったのは、十月四日以前ということになる。『一握の砂』の刊行までの啄木の作業日程は、横を向くヒマもないほどの状態であったと想像される。はじめての長男真一が出生し、わずか二十四日間生きて亡くなった。その挽歌まで最後に入れているのであるから、常人には耐えられないような、緊張と繁忙の状態であったといえよう。

『スバル』掲載の啄木歌百二十首は、すべて明治四十三年作である。そして、『一握の砂』五百五十一首の八三パーセントが、明治四十三年作であることを思う時、啄木が表現者として背負ったのは、まぎれなく「大逆事件」の衝撃であった。

朝日新聞校正係を職としていた啄木が、事件発生の早い時期に、この事件が明治刑法七十三条にかかわる「大逆罪」であることをつかんでいた。このことについては、第一部でも述べて来たところである。

啄木は、「食ふべき詩」の詩論の中で、第一部でも引いたが、次のように主張していた。

「我々の要求する詩は、現在の日本に生活し、現在の日本語を用ひ、現在の日本を了解している人に依て歌われた詩でなければならぬ」（○印啄木、『全集』第四巻、二一八頁）

さらっと読めば、ごく当り前のことのように感じられる。しかし、言葉の真底の意味は浅くはない。

現在に生きる人間は、みんな時代と、歴史を背負って生きているゆえに、詩の言葉は「時代を負っていなければならない――」という主張ともなろう。

啄木のこの主張に立てば、「大逆事件」の起った明治四十三年こそ、時代の危機の象徴であり、この「事件」こそ、時代と歴史を象徴するものと考えるならば、明治四十三年のあらゆる詩的表現と言葉は、この時代を背負っていなければならない――わが歌はみな、それを背負っている――という主張と自負にもなろう。

叙情的、時に感傷的表現であろうと、啄木は、『一握の砂』の歌の外形的な身なりは別として、心は時代を背負っているのだ――といいたかったにちがいない。それこそが、『一握の砂』を、八三パーセントの明治四十三年作で構成した、啄木の時代認識の鋭さがあるといってよい。

作品が時代を負う姿、表現はさまざまであるが、そこにこもるのは、時代を負った作者の姿であるはずだ、と啄木は主張しているのである。「食ふべき詩」の言葉は、やさしそうで、むずかしい言葉である。

啄木に、「大逆事件」後の明治四十三年の暮ごろに書いた「田園の思慕」というエッセイがある。啄木はその中で、田園への思慕は「単に私の感情に於いてでなく権利においてである」といっている所がある。心ならずも田園を追われ、都市生活者とさせられたものの思郷の心には、そうさせた大きな力に対する、持続する抗議や抵抗の心、感情の深さがあることを「権利」といったのではなかろうか。啄木はまさに、明治資本主義の発展する状況の中で、都市と田園との間によこたわる社会的関係に、人間の生存の要求も内在化させているものが啄木の「権利」の主張のように思われた。
啄木がここで泡立つように主張している「権利」の意識は、田園そのものを主舞台とした『一握の砂』の世界と無関係であるはずがない。だが、『一握の砂』に、啄木のいう「権利」を見定めることは難かしい。しかし、それは、私の未熟の故に感じとれないのかも知れない。忘れずに考え続けていけば、それはきっとつかめるに違いないと、凡庸の私は思っている。

(3)「ひそかに淋し」考

もう一度、ストライキの歌にかえって考えたい。

ストライキ思ひ出でても

今は早や我が血躍らず
　ひそかに淋し

まず、この歌についての代表的な二人の研究者の解釈をひいてみる。

㈠「中学時代のストライキ事件を思い出しても、今はもう少しも昂奮しない。それを心ひそかに淋しく思うことである。」（岩城之徳『近代文学註釈大系　石川啄木』、有精堂、一九六六年）

㈡「「『今は早や』以下が主題で、若い日の情熱のたぎりに比して、今の自分の老いた心を悲しむ歌」（今井泰子『近代日本文学大系　石川啄木集』（角川書店、一九六九年）。

私は、この二つの解釈のいずれにも違和感をもっている。それは第三行の「ひそかに」という表現への追求の不足を感ずるからである。私はこの「ひそかに」は、作歌時点ともかかわって考える必要があると思っている。あたりをはばかるような、この言葉のかもし出す気配は、回想的に「ひそかに淋しく」や「老いた自分の心を悲しむ」歌の気配とは異なろう。作歌時点は明らかに「大逆事件」進行のまっただ中である。

啄木はすでに評論「時代閉塞の現状」を書き、若山牧水の雑誌『創作』に短歌「九月の夜の不平」三十四首を発表していた。これらの作品の言葉・表現は、ひとことでいえば、時代に真向い、ひっしと時代を背負っていた。その重みこそ、啄木を「ひそかに」嘆かせているのだ、というのが、私の「ひそかに淋し」の理解である。語感的にいえば「ひそかに」は、明治憲法七十三条にかかわる「大逆罪」を暗示し、それに対してもった強い怒りと緊張のやり場のなさを「淋し」と歌いとどめたのであろう、と私は考える。

やはりこの一首には、啄木が自説で主張したように、時代をしっかり背負わせていた、と理解するのである。

(4) 啄木における第二のストライキ

啄木が直接かかわった第二のストライキは、故郷渋民村での一年間の代用教員時代を背景としたものであった。

啄木が、「みちのくの広野の中の一寒村である」(「渋民日記」) 故郷渋民村に、身重な妻と母の三人で転居したのは、明治三十九（一九〇六）年の三月四日である。

東北地方は、明治年間だけでも二四回もの凶作に襲われており、啄木が渋民村に移住した前年の明治三十八年は、「明治以降今日までを通して最大の凶作」(『岩手県農業史』一三一頁）であった。その翌年から、戸数百戸ほどの渋民村で啄木一家の生活がはじまる。

「飯と干大根の味噌汁と、沢庵漬」の生活の中で、啄木は「貧の辛さがヒシ〳〵と骨に沁」み、「読むに一部の書も無き今の自分は、さながら重大な罪を犯したかの如く、我と我が心に恥しい」(日記、三月二七日）と嘆いていた。

百姓の多くは酒をやめしといふ。
もっと困らば、
何をやめるらむ。(『悲しき玩具』)

あはれかの我の教へし
子等もまた

やがてふるさとを棄てて出《い》づるらむ（『一握の砂』）

二首、いずれも後年「大逆事件」に遭遇後の回想歌である。啄木が、日本一の代用教員を自負しながら、貧窮生活をした、当時の渋民村の状況を、のちに強い回想の喚起力で表現したものである。

啄木の故郷渋民村への転居には、二つの理由があった。一つは、二年前の明治三十九年十二月二十六日に、父一禎が曹洞宗への宗費を滞納したかどで、住職を罷免されたが、その復帰運動のためであり、もう一つは、以前から関心を抱いていた教育の現場で子ども達を教えてみたかったからである。「自分の心の呼吸を故山の子弟の胸奥に吹き込みたい為」という願いを強くもっていたのである。したがって、「高等科あたりが最も適当である」と考え、担当を希望していたが、学歴上、啄木はその希望が果せず、小学校二年生の担任となった。しかし、啄木の強い希望から、高等科の課外授業を二時間受持つことが出来た。最初は英語を、のちには地理歴史と作文を受けもつことになった。

啄木一家が、渋民村に転居した当時、父一禎の宝徳寺再住に反対する村民たちや、啄木への反感はすでに村にはうず巻いていた。

「予が学校に奉職しやうとした時、彼等は狂へる如くなってこれを妨げた(『渋民日記――八十日間の記』)

「故郷の自然は常に我が親友である。しかし故郷の人間は常に予の敵である」(「八十日間の記」)

これらを読むと、啄木をめぐる村内の対立と葛藤のすさまじさが、浮かび上ってくる。啄木一家の移住以前に、すでに存在した渋民村のこうした雰囲気に、さらに拍車をかけたのは、三月二十三日付で、曹洞宗宗務院から、「警誡條規」第二号による一禎の「懲戒赦免」状が届いてからである。

啄木は、父一禎の復職への大きな手掛りとして、早速野辺地の師僧葛原対月のもとに身を寄せていた、父一禎に、急遽帰村を促した。一禎は四月十日に啄木一家に合流した。それから一禎支持派の檀家たちと相はかって、一禎復職運動を強化していった。村内の対立は、いっそう熾烈《しれつ》なものとなっていった。その状況を啄木は、「八十日間の記」の中で、自分を中心とした問題が、「宗教、政治、教育の三方面に火の手をあげて渋民村を黒煙に包んでしまった」と、困惑しきったように書いている。

こうした状況に置かれながらも、啄木は、郷土の子弟の育成に、全力を傾けていくのである。

啄木は、「今迄無論教育といふ事について何の経験も持つて居ない。然し教育の事に一種の興味を以て居たのは、一年二年の短かい間ではない。」（日記、明治三十九年四月十一日）と書いている。

啄木の授業は、高等科の生徒たちの心をとらえた。啄木はその授業の雰囲気を、小説「足跡」（『スバル』明治四十二年二月）の中で、こんなふうに書いている。啄木の分身と思われる、主人公の教師千早健の授業――。

「健の眼が右に動けば、何百の生徒の心が右に行く、健の眼が左に動けば、何百の生徒の心が左に行く」

それは、教師と生徒との魂と魂のぶつかり合いであった。当時の教え子の一人は、後年つぎのように回想している。上田庄三郎著『青年教師　石川啄木』（三一書房、一九五六年）より引く。

「普通の先生なれば教科書の事だけを教えるに過ぎないのに、石川先生の授業は種々の自分の意見を加え、くわしく熱すれば卓をたたき涙をながし時間のすぎるのも忘れるほどでした」。

啄木は、代用教員生活の一年が終った、明治四十年の五月の「皐月——渋民村——」とした日記のはじめに、「ストライキノ記」と表題した心覚えのようなメモを書いているが、それは、次のようなものであった。

「七日、臨時村会。——十八日、最後の通告。——十九日、平田野の松原。同午后、職員室。同夜、暗を縫ふ提灯。——二十日、校長転任、金矢氏の来校。——二十二日、免職の辞令。——二十三日告別。」

〔註　以下十二ページ余白〕

この最後の〔　〕の中は、『全集』編集者の書き入れである。啄木は、ストライキの全経過を、右の項目にしたがって書こうとして残した余白であることは想像できる。「皐月《さつき》――渋民村」とした五月一日から始まる日記は、三日、四日と続き、五日は「青森――（陸奥丸）――函館――」となって終っており、次の日記のタイトルは「函館生活」の表題となっている。つまり、「ストライキノ記」の具体的内容は、啄木日記には登場していないのである。

しかし、ストライキの中心原因は、つねづね、啄木の教育観や、教育方法について対立していた校長と、その一派であった。それは同時に、啄木の父一禎の宝徳寺復職に反対する村民が背景にあった。ストライキの発端は、高等科の課外授業を校長が一方的に止めてきたことであった。

ストライキは、啄木が辞表を出した十日後の四月十九日に行なわれた。『石川啄木伝』（岩城之徳）には、当時の教え子秋浜三郎が、後年『岩手日報』（昭和二年＝一九二七年四月十五日）の取材に答えた「代用教員時代の石川啄木先生」が収録されている。ストライキの思い出のリアルなエッセイで、逸品であるので引用させてもらう。

「四十年の四月、排斥の（校長＝著者）ストライキがあつた。兼て打ち合わせてあつた通り、当日始業前に高等科の生徒一同（当時在籍・男五十六、女八計六十四人＝著者）校庭に集合し、校門を出て村の南端約十町のところの平田野という小野原に連れていつて、校長の非なる点を挙げ、校長の辞職若くは転任するまで全部休校することを確く約して、『山も怒れば万丈の火を吐いて天を衝《つ》きゆるけき水も激しては千里の堤破るらむ』という速成のストライキの歌をうたひながら、校門より堂々と入り、万歳を三唱して別れた其の夜であつた。役場と小使が提灯を灯して、部落々々の生徒父兄へ、休校せずに登校するやうにと役場からの達しをつたへた。翌日登校すると村長はじめ村の有志の方も来られ、長谷川岩手郡長殿には本日見えられるというので、メツタにないことで学校では障子などまで張り替へるという一通りでない騒ぎ方、やつと始業の鐘が昼頃鳴つて一同整列、郡長殿には一段高い壇上に登られて一咳して、お前達は三つの恩に叛いたのじや、一番は天子様の御恩、二番は親の恩、三番は師の恩、この三つの恩に叛いたのじやと厳しいお叱りをうけた。しかし先生は始終ニヤ〳〵笑はれているので、わたし共は少しも怖くはなかつた。」（一五九頁）

そして、校長が転任となり、啄木も四月二十一日に免職となり、一日おいた二十三日に、啄木の退職告別式があったのであろう。前掲秋浜三郎の回想は、告別式にもふれている。そこで、啄木は、こんなふうに述べている。

「これで思い通りにいつた。諸君も満足であらう自分も嬉しい、しかし人を呪はば穴二つということがあるから自分も退職する、そして北海道へいくつもりだ、今度転任してくる校長先生は斯う云ふ人だ……自分も安心して北海道へ行ける」とポロ〳〵涙を落された。わたしどもも泣いてゐた。」（前掲書、二五九頁～一六〇頁）

⑸ 二つのストライキをめぐって

少年時代の啄木の第一のストライキと、青年期の渋民村小学校高等科生徒による第二のストライキには、大きな違いがある。二つのストライキに関わった啄木は、一つは少年時代で父母に養われていて、生活の心配は露ほどもなかった。啄木はのちにこの時代を回想して、「父母のあまり過ぎたる愛育にかく風狂の子となりしかな」（歌稿ノート「暇ナ時」）。明治四十一年六月二十五日）と歌い残している。青年期に入った第二のストライキは、父一禎が、宗費未納問題で、宝徳寺住職を追われており、一家の生活の中心柱は、わずか月給八円の代用教員啄木の肩にかかっていたのである。

第一のストライキは、校内の人事体制の刷新を要求したもので、その規模や地域社会への影響度からみれば、「みちのくの小寒村」のごく限定された地域での、啄木の第二のストライキは、規模のごく小さなものであったといえる。しかし、そこにはドロドロした人間関係があり、明治国家の教育勅語体制のもとでの、教育の形骸的状況が矛盾を吹き出していた。

第一のストライキ事件は、一過性であったが、第二のストライキは、啄木に即していえば、それは本格的な啄木の思想と文学の出発点を形成するものとして、継続性を内在化させていたものであった。それは、その後の啄木の思想の変化、発展の軸線上に位置しているように、私には思われる。第二のストライキ後に啄木が志した北海道での生活体験は、伝記的内容を豊かにすると同時に、さまざまな発展の契機と経験をつかみ、また貯えることにもなるのである。

啄木のストライキの主力は、高等科の生徒たちであった。村民は二派にわかれ、啄木親子をいわば「敵」として溝を深めていた。啄木はその状況を、宗教、政治、教育の三方面から「火の手をあげて渋民村を黒煙で包んで」いたと、「八十日間の記」で書いていたことについては、すでに述べてきた。

石をもて追はるるごとく
ふるさとを出《い》でしかなしみ
消ゆる時なし

『一握の砂』所収。「大逆事件」後の明治四十三年秋の『スバル』十一月号に発表した、渋民村時代の回想歌である。この歌の「かなしみ」には、思想もまだ稚《おさな》く、村民のおかれた生活への深い思いやりもなく過した、渋民村時代への自己の精神の貧しく、浅さも合わせた「かなしみ」のように私には思えた。

啄木が、渋民村時代、「敵」と意識した反一禎派の村民たちは、いうまでもなく子どもたちの親であった。啄木が、この親たちを差別し、意識して撃《う》つような歌を、残していないのは救いである。いわば啄木は、この一首にすべてをこめて、かつて「火の手をあげ」て争った渋民村の問題をこれでよしといった思いで、「消ゆる時なし」といいながら、これで終りと許容しているのである。

こうした経過を考えると、盛岡中学校三年生の時の、啄木の第一のストライキとの違いのようなものが、あらためて浮かんでくる。第一のストライキは、社会や生活とはほとんど関係なく、正義感と血気に溢れた少年たちのエネルギーのほとばしりであった。

しかし、渋民小学校での啄木主導によるストライキには、村人や子ども達の生活を背景とし、そこからくる真に子ども達の自主と自由を育てたいとする「日本一の代用教員」を自負した啄木の願いがこもっていたであろう。渋民小学校のストライキ事件は、啄木を流離の旅へと追い立てる結末となった。第二のストライキは、さまざまに陰影をもって、その後の啄木の人生に強くまとわりついていった。

啄木における第二のストライキは、規模は小さかったにせよ、背景には、啄木が「林中書」で鋭く指摘しているような、教育勅語体制の下での、日本の教育の形骸化がひそんでいた。啄木の「林中書」は、その深部への批判を述べたものであった。この啄木の視点はのちに「時代閉塞の現状」の中に、生きいきと蘇《よみが》えるものであった。

ただ、啄木のかかわった二つのストライキには、重要な共通点があった。それは、ストライキを自らの生存の権利として自覚しはじめた労働者が一人もいなかったことである。

五月四日、母を渋民村の知人に、妻と乳児京子は、盛岡の妻の実家に託し、啄木は、妹光子をつれて、津軽海峡を渡ったのであった。

船に酔《え》ひてやさしくなれる
いもうとの眼見ゆ
津軽の海を思へば（『一握の砂』）

津軽海峡は、啄木にとって「この美しき故郷と永久の別れにあらじか」（日記、五月四日）

と危ぶんだ通り、一年と二か月を暮らした渋民村には再び帰ることのなかった、非情の境界線となったのである。

(6) 渋民村時代の啄木の思想状況

日本一の代用教員を目指して活動した啄木の、渋民村時代の思想状況には、大きな矛盾があった。啄木の思想が一路に発展していったものではないという事を、仮りに心得ていたとしても、読む人を当惑におとし込んではばからない程の矛盾の深さがあり、尚、その深さを、啄木自身が自覚していないということにより、読む人を困惑させている。

啄木は、渋民村の生活は長くはあるまいと予測していたふしがあるが、父一禎が、再任問題での村民の激しい対立に再任をあきらめ、明治四十年三月五日に家出をしたことによって、父一禎の宝徳寺再任運動は完敗に終った。

その明治四十年――「睦月――渋民村一月一日（四方拝――火曜日）」とした日記（以下「日記」と略）は、次のような言葉ではじまる。

「誘ひに来し児等と打連れて、学校の門松をくぐる。四方拝の式なり。生徒と共に『君が代』の歌をうたふ。何かは知らず崇厳なる声なり。あはれ此朝、日本中の学校にて、悉《ことごと》く幾百万の「成人の父」共が此唱歌を歌ふなるべし、と思ふに、胸にはかに拡がりて、却りて涙を催す許りの心地しき。聖徳の大なるは、彼蒼《ひそう》の、善きをも悪しきをもおしなべて覆へるに似たり。申すもかしこけれど、聖上睦仁陛下は誠に実に古今大帝中の大帝者におはせり。陛下の御名は、常に予をして襟を正さしむ。予は、陛下統臨の御代に生れ、陛下の赤子の一人たるを無上の光栄とす。浜のさざれ石の巌となりて、苔むさむまでも、千代に八千代に君が代の永からむことは、我も赤心の底より、涙を伴なふ誠の心をもつて祈るところ也。」

のちの「時代閉塞の現状」を書いた、同じ啄木かと思わざるを得ないほどである。純朴な愛国臣民としての姿がここにあった。

翌日の日記にも、この気炎＝熱さは続く――。一月二日――。

「新年の新聞を見るに、皆迎春の辞を載せたり。四十年前を回顧し、この短時代に成しとげたる聖代の文化を誇り、且つ将来の希望を述べ、無窮の皇徳を頌するに於て、皆其軌を一にす。」

さらに『万朝報』記者が、「元日」の徳を謳歌した次の一節に共感して引用し、書き継ぐ。

「人若し常に元日の心を失はざれば、軍備も要無く、ストライキも起らず、社会主義もなくなり、一切の不祥事其影響をひそめて、世はさながらに理想の国となるべしと論じたる、面白し。」

ここに表現されている思想は、日清戦争、日露戦争後の、神権的天皇・天皇制が、国民の中に全力で植え込もうとして来た、「国体」論の、浸透して来ている状況を証しだてているほどのものである。この時の啄木の歴史観は、「大日本帝国ハ万世一系ノ天皇之ヲ統治ス」という明治の帝国憲法第一条や、教育勅語の「皇祖皇宗国ヲ肇ムルコト宏遠ニ」と表現された、神話を歴史的事実としてつなげた「国体」観念にしばられていた、いわゆる皇国史観の方向であり、神格化された天皇・天皇制への賛歌であった。

明治の絶対主義的政府によって、「国家の思想への根幹へと押しあげられ」（鹿野政直『近代日本思想案内』、岩波新書、一三一頁）た「国体」は、「近代の日本では人びとを呪縛《じゅばく》した観念でした。過去・現在・未来をつうじて天皇を統治権の総攬《そうらん》者とする独特な国柄、との意味をもってこの語は不可侵性を帯び、国民を畏怖《いふ》させました」（前掲書、一一八頁）

啄木の日記では、明治政府によって、巧妙に展開されて来た「国体」観念の中に、はまり込んでいた啄木をうかがうことが出来る。

さきにあげた啄木の「日記」には、「国体」的情緒にもとづく、体制擁護の心情が、無邪気なまでに溢れたものであった。

ここまででもいえることは、日露戦争の勝利に熱狂した明治ナショナリストの啄木は、ほとんどその延長線上に、まだ位置していた、ということである。

「明治三十六年は日本人がまるで狂つたやうな調子でロシヤに対する戦争を主張した年

であつた」(「無題」)とし、この頃の啄木もまた、「無邪気なる好戦国民の一人」(「日記」、明治四十一年九月十六日)であったと、後に、にがにがしく回想しているが、そのことを考えると、渋民時代の啄木の思想状況は、明治ナショナリズムの気分の一典型ともいえるものであった。

(7) 矛盾する思想

ところが、一か月あとの二月頃の執筆と思われる「林中書」の思想は、どう考えても、この日記の思想の対極にあるとしか思えないものである。

「林中書」は、母校盛岡中学校の校友会誌(明治四十年三月一日)に寄稿した評論である。「林中書」の中心テーマは教育論である。啄木の教育への関心は、一年二年のことではなかった、といっているが(渋民日記、四月十一日―十六日)、そうした教育への長い間の関心と、渋民村の一年間の教員生活から、総括的に日本の教育、わけても小学校教育の重要性を論じつつ、現在の「日本の教育は、『教育』の木乃伊《ミイラ》である」と断じ、この「木乃伊《ミイラ》へ呼吸を吹き込むには小学校の門からするのが一番だ」と主張して、日本の教育の形骸化を鋭く論じたものである。同時に「林中書」で見落せないのは、日本の政治状況、国民の政治認識の状況について述べた、告発的な強い主張である。

「日本は今、立憲国である。東洋唯一の立憲国である。然し、と自分に問ふ、此立憲国の何《ど》の隅に、真に立憲的な社会があるか？　真に立憲的な行動が、幾度吾人の眼前に演ぜられたか？　非立憲的な事実のみが跋扈《ばっこ》している様な事はないか？　政治上理想の結合なるべき政党が、此国においては単に利益と野心の結合に過ぎぬのではないだらうか？　民衆は依然として封建の民の如く、官力と金力とを個人の自由の権利との上において居る無智の民衆ではないだらうか？　噫《ああ》「今の日本」！　もし自分より一層元気の盛んな男が出て来たら『日本は決して立憲国ではない』と叫ぶ様な事がないだろうか？（中略）」

「学問の自由、信仰の自由、言論の自由、これらの高価なる自由は、露人の一も有せざるところにして、しかして日本人の悉く有するところである、にも不拘《かかはらず》、レオ・トルストイ翁は何故日本に生まれずして露西亜に生まれたであらうか？」

この引用部分の前段にある啄木の立憲についての主張は、二十一世紀現在の日本の政治状況への厳しい批判として通底するものを持っているように思われる。

明治二十二（一八八九）年十一月、明治帝国憲法が制定され、建前としての立憲国となった日本は、実態としての国民の意識や文明の水準は、到底それにふさわしいものとはいえなかった。それゆえ、立憲国でありながら、その実態は貧弱で、保障された「高価なる自由」を使うことのできない状況で、とても立憲国の国民などといえないではないか、といっている。啄木は、国民全体の意識の後進国的状況について、不満といらだちをつのらせているのである。

実は、ここは啄木のやや一面的な理解で、ちょうど明治三十九年から四十年の時期は、明治近代の歴史の中で、労働運動が昂揚し、ストライキが、近代史の中で特筆されるほどの激発を見せていたのである。以下、その状況の一端を年表から拾って見る。

明治三十九（一九〇六）年

2・4　石川島造船所職工七五〇人賃上げスト
2・11　電車賃値上げ反対集会、日比谷公園一〇〇〇人
3・15　第二回電車賃値上げ反対東京市民大会・日比谷数千人
5・1　阪神電鉄一二〇人スト、時短実現
5・4　横浜市左官職スト（〜6・13）
6・23　幸徳秋水アメリカより帰国（議会政策否定、直接行動論へ）
8・18　呉海軍工廠スト
12・14　大阪砲兵工廠争議・賃上要求、首謀者憲兵拘束

明治四十（一九〇七）年

1・15　〈日刊平民新聞〉発刊（〜9・14）
2・4　足尾銅山暴動始まる
2・6　生野銀山五〇〇人賃上げスト
2・16　三菱長崎造船所スト

3・2　夕張炭鉱七〇〇人スト
3・6　幾春別炭鉱六〇〇人スト
4・28　幌内炭鉱スト
6・1　森近運平〈大阪平民新聞〉発刊（のち〈日本平民新聞〉と改題）
6・4　別子銅山で暴動発生
6・8　横須賀海軍工廠三八〇〇人賃上要求貫徹
7・2　一〇月まで、大阪で屋根ふき職人、友禅職工二〇〇〇人、製帽二〇〇〇人、紙箱、花箱、燐寸各職工賃上げスト
8・31　片山潜・田添鉄二ら社会主義同志会結成
9・9　浦賀ドック職工一四四人スト
9・10　弘前市内漆器工一同賃上げスト
10〜　大阪市活版工組合結成
12・22　社会政策学会第一回大会（東大法科大学、工場法討議）
（『社会労働運動大年表』大原社会問題研究所編、労働旬報社）

当時の明治政府は、一九〇六年一月に成立した第一次西園寺内閣で、二年後の〇八年七月まで続く。

日露戦争が終った直後、戦後の不況と物価高によって、日本全国で前記のような労働争議の波が高まった年であった。労働者のストライキは、明治四十（一九〇七）年に、第一次世界大戦前期のピークとなっていたのである。

こうした労働者のたたかい——ひいては国民各層にも拡がってゆく——要求を掲げ、人間としての権利を確立してゆく、この歴史の局面でのたたかいが、啄木によって十分にとらえられていなかったのは、残念としかいいようがない。しかし、貧窮のどん底にありながら、四種の新聞（読売・毎日・万朝報・岩手日報）を読んでいた啄木が、社会や政治の動向に無関心であったとは考えられない。「渋民日記」（明治三十九年三月二十日）で前期年表の、第二回電車賃値上げ集会（三月十五日）の様子を伝えているが、その論調は、新聞各紙の暴動下への批判に反対していないが、とりたてて、この集会への支持的な意見も表明していない、むしろ批判的である。そして最後に次のように書く。

「余は社会主義者となるには、余りに個人の権威を重んじて居る。さればといって、専制的な利己主義者となるには余りに同情と涙に富んで居る。所詮余は余一人の特別なる意味における個人主義者である。然しこの二つの矛盾は只余一人の性情ではない。一般人類に共通なる永劫不易の性情である。自己発展と自他融合と、この二つは宇宙の二大根本基礎である。」

啄木が日記に書きつけているこの言葉には、啄木が己が哲学とした「一元二面観」がもつ個人主義的な本質を自ら強調したものである。それは、「一元二面観」のもつ、最も弱い部分を露呈していた。

これまで述べてきた事を要約すれば、啄木の元日の日記と、「林中書」の精神とは、全く背を向け合っているということである。「日記」は、「国体」思想に立った現状肯定であり、「林中書」の思想は、厳しい現状批判である。啄木「日記」と、啄木評論「林中書」は、交わらない平行線のようである。渋民村時代の啄木思想の矛盾は、啄木が己が哲学として矜《きょう》持《じ》した「一元二面観」に起因すると思われる。以下はその検討である。

(8) 啄木の「一元二面観」と現実

啄木の渋民村時代、わけても代用教員としてのほぼ一年間を支配したのは、「一元二面観」と称する観念的な人生観であった。それは、明治三十六（一九〇三）年、啄木十八歳ごろから胚胎《はいたい》し、二二歳ごろまで、つまり渋民村時代をおおって、発展させて来た自らの生き方の根拠とした観念哲学であった。

啄木の観念哲学としての「一元二面観」は、「愛」の概念の探求を土台として開始されている。十六歳の啄木は、盛岡中学を中途退学して、明治三十五（一九〇二）年十月三十日、文学をもって身を立てようと上京した。しかし、貧窮生活の中で病を得て、翌年二月、父に連れられて故郷渋民村に帰った。以来一年半にわたる渋民村での療養生活は、苦い挫折感から立ち直るための、苦悩の日々でもあった。

啄木は、宗教哲学者の姉崎嘲風の評論から、ワグナーの思想を学びとり、療養生活の中で、啄木自身の「愛」の思索を深めていった。それは、「我を愛するもののみを愛す」という偏狭さを脱して、「愛」は「包容である。一体である。融合である」と発展していく（野村長一宛、明治三十六年九月二十八日）。啄木はこれに続けて「大いなる意志は単に自己拡張のみではなくて更に自他を融合し、外界を一心に摂容するものであることを自覚してくる」という。この考えが、啄木哲学の骨組みである。ほぼ一年後の明治三十七（一九〇四）年八月三日、伊東圭一郎宛の長文の手紙の中で、「神と云ふ者が世界の根本意志なるを悟り、その意志が意力たると同時に又万有に通ずる『愛』によつて整然進歩すると云ふ事に明徹するに至」ったと述べていることは、啄木哲学の内部を固めおえたという感じがする。

啄木は、この「一元二面観」の観念哲学形成によって、「自分の二十年間の精神生活が初めて意義あるものになつた」と、自負をもって書いたのは、渋民村で、代用教員として教壇に立つ、ほぼ一週間前であった。

啄木が、自らの哲学「一元二面観」の完成への過程を誇らしく日記に記したのは、明治三十九（一九〇六）年三月二十日であった。

「茲に一解あり、意志といふ言葉の語義を拡張して、愛を、自他融合の意志と解くことである。（中略）自分の二十年間の精神生活が初めて意義あるものとなった。この一解が乃ち自分の今迄に於ける最大の事業である。この一解あって、……人生一切の矛盾は皆氷解した」

啄木は自負をこめてこう記したのであった。啄木の渋民村での生活、代用教員としての生活は、いわば、この「一元二面観」の「誕生」とともに、始まったといえよう。啄木哲学の「一元二面観」は、自己発展、自己拡張した意志（天才意識、文学天職論など）が、他に力を及ぼして、そこにあらたな自他融合・合一を実現するという構造をもっていた。自己発展の意志は、「及ぼしていく」方向性はもつが、「及ぼされる」あるいは「ともに及ぼし合う」という「連帯」の方向性はもたない。自己発展も、自他融合もそのベクトルの方向はつねに一方的なのである。啄木自身がベクトルの方向性なのである。

これでは、自他融合——他との「連帯」は成り立たない。啄木における「一元二面観」の個人主義は、社会主義思想への隘路をなしていたという事ができる。

しかし、具体的な人間生活の諸現実に、啄木哲学の思弁的な自己拡張が発展出来なければ、自己融合が阻まれるのは必然であった。観念世界の哲学が、現実世界の諸問題に当面し、さまざまな矛盾によって阻まれ、それが露呈しはじめることに、聡明な啄木が気付かないはずはなかったであろう。

「一元二面観」が、ほかならない人世の現実によって侵されはじめたと感じたのは、恐らく啄木が津軽の海を越えてからであろう。

啄木は「林中書」において、本来「立憲主義」の根底にあるべき、明治憲法の独自的な形成過程――たとえば「国体」論など――について、広く目を向けてはいない。天皇によって欽定《きんてい》(君主の命による選定=「広辞苑」)された明治憲法を所与のものとしている。いささかもそのことに、懸念をはさんではいない。その認識を阻んでいたのは、自己の人生哲学として確立したとした「一元二面観」の観念哲学であった。それは、「日記」にうかがえる、明治帝国の規範であった皇国史観や明治天皇観に通じている。

しかし、二つの文章における啄木の立ち位置は同一ではない。

「日記」には、観念的歴史観、皇国史観にズブ濡れの思想があらわれているが、「林中書」で、啄木が疑問とした問題は、本質的には、現実的、社会的なものでありながら、その本質が見定められず、この根本のところの、神権的天皇・天皇制が摘出されず(これが為されたのは、後の「時代閉塞の現状」においてである)、むしろ、その肯定的理解の上に立っていることを思うと、この対立し、矛盾し合った「明治四十年元日」の日記と「林中書」は、根底的に共通項的な弱点をかかえていたというべきであろう。

「日記」と「林中書」は、ほぼ同時期に書かれたという現実的共時性と同時に、啄木の「一元二面観」の中では、この二つは対立しておらず十分に親和的でさえあったのである。


明治四十年元日の「日記」と「林中書」は、「一元二面観」からいえば、ヨーロッパの「神」の肩代わりに見立てた「神権的天皇・天皇制」のもとで、「日記」は自己充実しつつ、一方、「自他融合」しようとするとき阻まれている「他」として観念の中に「仮設」した対称――国民・民衆――のおくれを明らかにした。

それは――「自他融合」すべき「他」の立ちおくれ――「一元二面観」の十全な展開を阻むもの――と理解したのであろう。

「一元二面観」の自己の哲学に強く支配されていた啄木にとって、主観的には、「日記」と「林中書」は矛盾など起してはいないのである。それを矛盾と感じ、「林中書」で展開した批評をさらに深く、広く、鋭くおし拡げていく方向と、「一元二面観」の観念哲学が、現実生活の中で対立し、現実の生々しさゆえに敗退してゆく道すがらと、それは一致していた。

観念的には、渋民時代の啄木の内部において、いささかも矛盾をもたず統一されている「日記」と「林中書」との矛盾が口を拡げ、啄木を新しい客観の世界に連れ出していくのは、故郷渋民を出てから、北海道での流離の旅によってであった。

(9) 東北線機関方のストライキ

石川啄木が、もはや立つ事も出来ないような病床で、大きな関心を示したのは、明治初期の労働運動の出発点の頃――明治三十一（一八九八）年二月――に、日本鉄道会社（以下「日鉄」と略）の東北線（上野―青森間）の機関方――機関士を中心とした労働者が行なった、驚くべき団結と民主的な組織運営で勝利したストライキであった。

　このストライキの概略を説明すると、次の様であった。

　当時、日清戦争の勝利によって、三億六千万円の巨額の賠償金を手にした明治政府は、富国強兵、世界の一等国へのかけ声のもとで、日本の資本主義の急速な発展と、大きな転換点に立たされていた。それは、まさに産業革命ともいうべき激動する歴史的状況であった。家内的手工業は、機械力によって、容赦なくとって代わられていった。産業革命のいっそうの近代化のために、流通の要である鉄道建設は緊急の課題であった。当時最大の鉄道会社であった日鉄の運営する民営鉄道は、路線の総延長千二百八十五キロに及び、従業員は一万人をこえる大経営となった。

　しかし、労働者のおかれた生活実態や、労働条件は、相変らず前近代的な劣悪きわまるものであった。片山潜が、後に書いた英語版の『日本における労働運動』（山辺健太郎訳、岩波文庫『日本の労働運動』所収）は、日本の支配層と鉄道会社が、どんなに労働者が労働組合に組織されることを恐れていたかを、リアルに明らかにしている。それによれば、労働条件の改善などを主張する者は「謀反人」とし、発見次第、僻地の駅に「島流し」という「流刑」に処したという。

「盛岡と青森の間には二つの機関庫があって、そこは一番悪い場所とされ」、「流刑人」たちがたくさんいた。啄木が、盛岡の母方の親戚である海沼イエの家から小学校に通っていた頃である。その盛岡は、まさに意識的な鉄道労働者の一つの拠点となっていたのである。この屈辱的な「島流し」になった火夫や機関方は、秘密組織である「我党待遇期成大同盟会」からの①書記同等の待遇をせよ、②職名を機関手に改めよ、③昇級をおこなえ、などの要求実現を呼びかけられ、ストライキに立ち上ったのである。これらの要求の根底にあったものは、労働者としての、貧困や差別に抗議する人間としての自覚があったといえよう。

この闘争は、最初は、「我党待遇期成大同盟会」の檄文の要求を、各所で提出するという順法闘争で始められた。会社側が、機関方のリーダーたちを解雇、弾圧することによって鎮静化をはかろうとしたことが、逆に、労働者の怒りを買い、団結が強められた。明治三十一年二月二十四日から二十五日にかけて各地でストに突入したのである。ストライキ中止後は、各地から交渉委員をあげて当局側と交渉し、四月五日に要求をほぼ実現し、闘争は勝利に終ったのである。

労働者はこのストライキの成功を力に、労働組合矯正会を組織し、会社側に承認させた。

（片山潜、前掲書、三一四頁〜三一五頁）

時の薩長藩閥政府は、きわめて反動的な山縣内閣であった。政府は、矯正会の勝利のストライキの報復のように、また今後の労働運動、社会運動の発展を恐れ、ストライキの二年後の明治三十三（一九〇〇）年三月十日に、治安警察法を制定した。これは、のちの治安維持法の前ぶれともいうべきもので、その中心的な狙いは、労働運動、社会運動を封じ込めようとする露骨な意志を示したものであった。次に見るようにその第十七条は、「労働組合死刑法」とのちにいわれた内容を、公然と示したものであった。

〈治安警察法〉

第十七条　左ノ各号ノ目的ヲ以テ他人ニ対シ暴行、脅迫シ、若ハ公然誹毀シ又ハ第二号ノ目的ヲ以テ他人ヲ誘惑若ハ扇動スルコトヲ得ス

一、労務ノ条件又ハ報酬ニ関シ協同ノ行動ヲ為スヘキ団結ニ加入セシメ又ハ其加入ヲ妨クルコト

二、同盟解雇者ハ同盟罷業ヲ遂行スルカ為使用者ヲシテ労務者ヲ解雇セシメ若ハ労務ニ

従事スルノ申込ヲ拒絶セシメ労務者ヲシテ労務ヲ停廃セシメ若ハ労務者トシテ雇用スルノ申込ヲ拒絶セシムルコト

三、労務ノ条件又ハ報酬ニ関シ相手方ノ承諾ヲ強ユルコト

耕作ノ目的ニ出ツル土地貸借ノ条件ニ関シ承諾ヲ強ユルカ為相手方ニ対シ暴行、脅迫シ若ハ公然誹毀スルコトヲ得ス

第三十条　第一七条ニ違背シタル者ハ一月以上六月以下ノ重禁固ニ処シ三円以上三十円以下ノ罰金ヲ附加ス使用者ノ同盟解雇又労務者ノ同盟罷業ニ加盟セサル者ニ対シテ暴行、脅迫シ若ハ公然誹毀スル者亦同シ」

（辻野功『明治の労働運動』、紀伊國屋新書、五七頁～五八頁）

辻野功は右著書において、この「治安警察法の狙いと本質について、次のような注目すべき見解を書き記している。

「この治安警察法第一七条・三〇条には、労働運動の昂揚に直面したブルジョアジーの要求と同時に、軍部の国防的見地が色濃く反映していた。すなわち鉄工組合の組合員の六〇

%までが陸軍砲兵工廠の基幹工で占められていた。また当時身体強健思想穏健の荘丁と軍馬の最大の供給地は、北海道・東北六県・北関東諸県であったので、この地帯を縦貫する日本鉄道は日本の軍事輸送の生命線であった。日鉄の機関方・火夫のストライキに脅威を感じた日本の軍部殊に陸軍は、爾来国防的見地から労働組合運動を否定し続けたのである。」（前掲書、三八頁）

片山潜が『労働世界』で、幸徳秋水が『万朝報』の紙上で、この「治安警察法」に対し、強力に反対したのは、当然である。

「治安警察法」は、これだけの重要な意図をもちながら、明治三十三（一九〇〇）年三月十日、山縣内閣による第十回帝国議会において、「みるべきなんらの反対、いなほとんど討論すらもなく可決されてしまった」（辻野功、前掲書、五九頁）のは、驚くべき事であった。近代日本の民主主義は、二十世紀前夜は、まだこの様に幼かったのである。啄木はようやく十五歳であった。

戦闘的かつ、民主的運営で団結した日鉄の労働組合矯正会は、ストライキ勝利の五年後に、明治政府の策謀と弾圧によって解散に追い込まれた。しかし、解散に至る経過には、きわめて不審で奇怪なものがあった。

治安警察法公布の翌年、一九三四年十月、東北地方で陸軍大演習が行なわれた。『福島民報』は、矯正会がそれに合わせて、ストライキを計画しているというデマ記事を流した。矯正会は、デマ記事の狙いを察知し、警戒体制をとった。

陸軍大演習には必ず明治天皇が出かけることになる。それを承知でストライキを計画する矯正会は、不穏な企てをもつ団体であるとの風評をあおるためのデマ記事であった。矯正会に打撃を与える狙いであることは明らかであった。ところで思わぬ「椿事《ちんじ》」が起った。このことは、かつて『団結すれば勝つ、と啄木はいう』（影書房、二〇一八年）において書いたことがあるが、かいつまんで述べておきたい。

宮廷列車の前には、必らず一区間をおき、統監列車が走ることになっている。ところが統監列車が仙台を出た次の駅あたりで突然機関車が故障で動かなくなってしまった。乗務員が手をつくしたが動かない。宮廷列車は、統監列車が所定の区間距離を保って走向しているものと思い、仙台駅を発車した。そのため、宮廷列車は、統監列車にあわや衝突という危機一髪のところで止まった。もし衝突したら明治天皇はどうなったかわからない。事故の責任問題が深刻になった。ところが事故の前日、矯正会員である機関士が、統監列車の機関車に故障があると当局に申し出ていた事実が判明した。しかし、当局は、その事実を認めようとしなかった。

当時、日鉄の経営内部は乱脈状態で、役員らは私腹を肥やすために、粗悪な機械を高価で買入れる不正がしばしばだったという。

事件の調査に、会社側は頑強に矯正会の機関士が前日、統監列車の機関車の不具合を指摘していた事実を否定したばかりか、逆に官憲と結託し、矯正会の企んだ陰謀のように主張した。日鉄当局は、事故の責任を回避したばかりか、労働者と労働組合に責任を転嫁しようとしたのであった。

こうした状況の中で、当時最強とされた日鉄矯正会は、明治憲法七十三条（天皇及び皇族に対する大逆罪）がらみとして宣伝・弾圧されることを恐れ、明治三十四（一九〇一）年十一月二十五日に解散した。

『民衆史としての東北』（真壁仁・野添憲治編、ＮＨＫブックス、一九七六年）において、執筆者の一人呑川泰司は、詳細きわまる「東北線機関方」と題する力作評論を寄せ、「矯正会の消滅」の経過を述べた項の最後の部分で、「『聖上』への大逆容疑が機関士たちの意識を急激に萎縮させたのであろうか」（前掲書、二〇二頁）と書いているのは、神権的天皇・天皇制の弾圧により、消滅させられた、郷土が生んだ、時代に先駆した、東北線機関方の鉄道労働者の無念さを滲ませたものである。

⑽ 啄木書簡――海沼慶治宛――をめぐって

啄木が、この事件に関心を抱いたのは、事件からすでに十年後のことである。

啄木が、伯母海沼イエの孫である、海沼慶治宛に書いた手紙が発見されたのは、戦後のことであり、『石川啄木全集』には未収録である。

啄木の海沼慶治宛書簡が、啄木研究家の遊座昭吾によって発見されたのは、一九八五年三月である。近藤典彦氏は、その著『国家を撃《う》つ者』（同時代社、一九八九年）の巻末「補論」

で、啄木がこの書簡を書いた明治四十四（一九一一）年六月二十五日に注目し、これを起点として、金田一京助による啄木晩年の「思想的転回」説を鋭く批判し、否定した。私は、近藤氏とは異なる視点で、この書簡に関心をもち、重視をしている。そのことを述べたいと思う。

近藤氏は、前掲書で、遊座昭吾の発見した啄木書簡全文を紹介しているので、私はその最後の部分を引かせてもらう。

啄木の海沼慶治宛書簡は、原稿用紙三枚ほどであるが、私が関心をもつ部分は最後の一枚に当る部分である。近藤氏は、著書の中で、啄木書簡の内容を①②③と分類されているが、①②は海沼一家と啄木との私的な回想である。啄木は①で、海沼の祖母が亡くなった事への追悼の言葉を述べ、②で「もうマル五ヶ月も電車に乗つたことがない」と病状を訴え、最後の③に次のような文章を書いている。

「まだ病気になる前のことだが、ある必要から旧日本鉄道会社の機関士の同盟罷業のことを調べていて、ちよつと君の家に厄介になっていた頃を思い出したことがありました。何という名前の人だつたか忘れたが、その仲間が二人君の家にいて、二日も三日も酒をのんで休んでいたことがあった。その時君の母上が『ストライキをやっているのだ』と話したことを私は朧ろ気に記憶していた。そのことは君はもうお忘れかもしれないが、しかし二人の追懐にはほかにたくさん共通の点があるはずである。是非一度逢いたい」

私はこの手紙を読んで、もっとも関心をもったところは次の二点であった。

㈠「まだ病気になる前」とはいつの事か？

㈡「ある必要から、旧日本鉄道会社の機関士の同盟罷業のことを調べていて」という「ある必要」とは、どんな必要か？

〈まず㈠について〉

啄木は明治四十四年一月末から身体の不調を自覚し、二月一日に医科大学附属病院で慢性腹膜炎と診断され入院、二月七日に手術、三月十五日午後退院している。以後の啄木は基本的に療養生活となるから、「病気になる前」とは、おおまかに、入院以前と考えれば、それは、明治四十四年一月以前ということになろう。啄木書簡の「病気になる前」は広くもなるし狭くもとれる。しかし、私には「病気になる前」という言葉の感じから、病気になる時期にかなり接近した感じが受けとれるので、思い切って入院直前の明治四十四年の一月を中心として考えて見たいと思う。「伝記的年譜」で一月の啄木の動向を要約すると次のようになる。

一月三日　友人の弁護士平出修を訪問、幸徳秋水ら二十六名の社会主義者に対する刑法七十三条の罪に関する特別裁判内容を聞き、幸徳秋水が獄中より担当弁護士の磯部四郎、花井卓蔵、今井力三郎に送った陳述書を借用する。
一月四日　夜、幸徳秋水の陳述書を写す。
一月五日　幸徳陳述書を写し終る。「この陳述書に現れたところによれば、幸徳は決して自ら今度のやうな無謀を敢てする男ではない。さうしてそれは平出君から聞いた法廷での事実と符号している。」（日記）
一月十日　埼玉県児玉郡長幡村藤木戸の歌人谷静湖より、アメリカで秘密出版した革命叢書第一篇クロポトキン著『青年に訴ふ』の寄贈を受けて愛読する。静湖が在米の岩佐作太郎より贈られたるもの。
一月十二日　「東京毎日新聞」の記者名倉聞一の紹介で土岐哀果（善麿）と電話で会見を約束する。

一月十三日　読売新聞社に寄り哀果と対面、自宅に伴う。この日文芸思想雑誌の創刊を協議、両者の名前をとって「樹木と果実」と名づける。

一月十八日　この日幸徳秋水らに対する特別裁判の判決があり、啄木は二十六名の被告中二十四名死刑という未曾有の極刑に対し、激しい興奮を覚える。

一月十九日　大命によって二十四名の死刑囚中十二名が無期懲役に減刑された。

一月二十三日　自宅において幸徳秋水らの事件関係記録整理に一日を費す。

一月二十四日　「日本無政府主義者陰謀事件経過及び附帯現象」をまとめる。

この日幸徳秋水ら十一名死刑執行。（管野すがは二十五日朝執行）

一月二十六日　平出修の自宅で、七千枚十七冊に及ぶ特別裁判の一件書類初めの二冊と管野すがに関する部分を読む。

こうしてみると、明治四十四年一月は、ほとんど「大逆事件」にかかわる仕事に全力投球していたことになる。生来虚弱な啄木にとって、これはまさに命がけの仕事であった。

啄木が、海沼慶治宛の手紙の中で、「まだ病気になる前のこと」の「病気になる前」の言葉には、病気になる「ずっと以前」とか「はるか以前」という語気は、はらんでいない。

その言葉通り、「病気になる前」とは、病気になる「すぐ直前」という、やや緊張した気配を含んだ「直前」という感じがする。

そこで私は、「病気になる直前」を、入院の直前の期間と仮説的に設定してみた。それに当るのは、明治四十四年の一月ということになる。啄木はこの期間に、前述したように二つの大仕事をしている。一つは、一月三日に友人の弁護士平出修から幸徳秋水が、獄中から担当弁護士に宛てて書いた、裁判官らの無政府主義思想についての曲解を正そうとした陳述書を借りて、一月四日と五日の二日間かけて筆写したことであり、もう一つは事件の本質を後世に伝えようとして、事件の記録を二日間（一月二十三日、二十四日）かけて「日本無政府主義者陰謀事件経過及び附帯現象」としてまとめたことである。この日（一月二十四日）、幸徳秋水ら十一名が死刑になった日である（管野すがは翌日）。啄木の、東北機関方ストライキについて「或る必要」があって調べたいとする問題は、事がらからいって、幸徳秋水の獄中陳述書にかかわるのではないかと、予想して調べると、次の様な筋道が浮かび上った。

啄木は、幸徳秋水が、獄中の寒気に、「指先が凍って了ひ、是まで書く中に筆を三度落した」という陳述書を、感動しながら読んだ。そして、「EDITOR'S NOTES」（編集者ノート）として註釈を書く目標をたて、陳述書の必要カ所に「＊」印の通し番号をつけた。それは全部で二十六カ所あった。（啄木がEDITOR'S NOTESとして書いているのは「＊1」から「＊5」までであった）陳述書の「所謂革命運動」の項に「＊一五」と記された次のような秋水の文章が記される。

「労働組合を設けて諸種の協同の事業を営むが如きも、亦革命の際及び革命以後に於ける共同団結の新生活を為し得べき能力を訓練し置くに利益があるのです。併し日本従来の労働組合運動なるものは、単に眼前の労働階級の利益増進といふのみで、遠き将来の革命に対する思想よりせる者はいなかったのです。無政府主義者も日本に於ては未だ労働組合に手をつけたことがありません。」

啄木は、この部分を読んで違和感を持ったのではないかと想像する。

「労働者」「革命」などいふ言葉を

聞きおぼえたる
五歳の子かな。（『悲しき玩具』）

この歌は、『文章世界』（明治四十四年七月一日）に発表したもので、幸徳秋水の陳述書を筆写した時より、半年ぐらいあとの作歌である。啄木は、この歌にこめているのは、「革命」とは、「労働者」によって実現するものだ、という理解であったであろう。この理解は、幸徳秋水の陳述書の前項の記述と違和感をおこしたであろうと想像される。啄木はどうしたか？

啄木の没後に残された「国禁の書」は十九冊であることは知られている。そのほとんどは社会主義関係のものであるが、その中に、一冊だけ労働運動の著書が入っている。それは片山潜と西川光二郎の共著による『日本の労働運動』である。明治三十四（一九〇一）年——まさに二十世紀の幕開け——五月に労働新聞社から刊行されたものである。おそらく、かつて小樽の寿亭での社会主義演説会から知り合った、西川光二郎から借りたものであろうか。啄木は、自身もくわしくはなかった日本の労働運動に、目を開いたかも知れない。

この『日本の労働運動』では、第四章第一節の「同盟罷業」が、冒頭から明治三十一年二月の、日鉄東北機関方のストライキへのとりくみ、展開に到る経過を詳細に述べ、労働者、労働組合の武器としてのストライキの重要性を次のように述べながら、このストライキを高く評価した。

「労働者は凡ての方面に於て貧弱の地位に立ち、物に觸れ事に付けて傭者の虐待を被るは、自然の勢なれば、如何にしても労働者として此大勢に反抗して自ら立つの途を退せしめざれば、労働者否平民の多数を挙げて牛馬に等しき奴隷の境遇に陥らしめざるべからず。労働者が資本家の圧制に対して其真正の威力を発表すべき唯一の武器は実に同盟罷業なり。（中略）同盟罷業は労働者の示威運動なり、被傭者が傭者に対する威力なり。之なくして労働者又何れの処に於てか身を立つるの道のあらんや」（岩波文庫版『日本の労働運動』、九六頁）

東北線機関方のストライキの成功は、明治の支配階級を脅やかした。彼らは二重の防波堤を築いて、これに対抗した。一つは治安警察法であり、もう一つは最後の切札としての「国体論」の出動であった。具体的には、明治憲法七十三条と結びつけた脅しによって、矯正会を解散に追い込んだのである。

「大逆事件」の真相を、もっとも直接的に現在進行形の裁判資料でとらえて来た啄木が、明治四十四年の半ばをすぎた時点で、あらためて、何を必要とし、何を「調べていた」のであったか？

いろいろな事が考えられるが、私は、啄木が労働者、労働組合というものに、目を開いたのは、この頃ではなかったか――と考える。

そうだとすれば、片山潜の『日本の労働運動』で知った、その団結やたたかい方、ストライキは、どうつくり上げられていったのか、をあらためて知りたい――。

東北線機関方のストライキが、要求を貫徹した底にある、団結の力、連帯の力を深く知りたい――。

なぜ矯正会がつぶされたか。「大逆事件」をデッチ上げた、神権的天皇・天皇制の力による共通性を明らかにしたい、などなど。後代のために書き残そうとしたEDITOR'S NOTESの執筆として残したかったか――。

片山潜の著書に触発されて、労働者・労働組合運動についての関心の目をひらき、もう一度学び直そうとした――、今まで自分が描いて来た戦闘的で時代にさきがけてきた労働者個人を階級としての労働者、労働者階級としてとらえ直そうとしていたか――。

私には、右のようなさまざまな仮説がうずまく。啄木の「調べていた」関心事項でありながら、どれにもしぼり切れないもどかしさを感じた。

しかし、大胆に私の仮説を述べるならば、啄木は、幸徳秋水の無政府主義的な労働者・労働者観ではなく、民主的な労働者階級の「たたかい方」を知ろうとしたのではなかったかと思う。

啄木は明治四十四年の六月時点で、詩「墓碑銘」を書いている。その中で一人の先進的な労働者を造型したが、そこまでで、啄木は社会主義思想やその運動についてはかなりな理解と到達点を築き上げていたと想像されるが、しかし、労働者階級という思想・認識を正確につかんではいなかったにちがいない。共通する要求をかかげてたたかう労働者の連帯と団結、そのリアルな実態認識は不十分であったと、私は思う。それゆえに、幸徳秋水の陳述書にあらわれた労働運動の軽々しい記述に、啄木は違和感を覚え、幼ない日の記憶を呼びおこし、日本鉄道の矯正会労働者のたたかいを知ろうとした。そして、啄木の心中に、あらためて「大逆事件」と矯正会労働者を弾圧した「強権」の共通したあらあらしい姿を思い浮かばせたことであろうと思ったりする。

⑾　啄木の眼を開かせたストライキ
――「連帯」の発見――

明治の最後の年を前にして、明治四十四（一九一一）年の暮れから、啄木一家の生活は、貧窮のどん底にあった。この年の八月七日、啄木一家は、二年二か月住んでいた本郷弓町二丁目の新井理髪店の二階から、小石川区久堅町七十四の四十六号に転居した。転居にともなう費用は、友人の宮崎郁雨の援助によるものであった。

北海道旭川にいた啄木の妹光子が呼び寄せられて、八月十日から九月十四日まで啄木のもとに居た。

「兄が弱つているうえに節子さんが弱い。そのうえ母がご不浄で喀血するという、家じゆう全滅のありさまであつた。そこで私が万事切り盛りするのであつた。」
岩城之徳は、その「伝記的年譜」の中で、三浦光子の『兄啄木の思い出』（理論社、一二二頁）の中の一節を引いているのは、この時期の啄木一家の、滲憺ともいうべき生活を、伝えたいという思いが強かったからであろう。

やまひ癒えず、
死なず、
日毎にこころのみ険《けは》しくなれる七八月《ななやつき》かな。

前田夕暮の『詩歌』（明治四十四年九月号）によせた、『悲しき玩具』所収の一首である。啄木の鋭くも淋しい、死とのたたかいの歌である。啄木の創作力は、明治四十四年の上半期頃までに、ほとんど出しつくしたといってもよい状態であった。
この年の三月十五日に、退院したあと、闘病しながら、「大逆事件」の真相を後世に伝えんとして「A LETTER FROM 'V NAROD' SERIES」を執筆するなど、超人的な活動をしたことについては、すでに述べて来た。

六月十五日十七日にかけて、長詩「はてしなき議論の後」の九篇をつくり、このうちの六篇と、「家」（六月二十五日）と「飛行機」（六月二十七日）をつけ加えて、詩集『呼子と口笛』と表題して、詩集出版の構想をしたりした。それは、死を予期したような、啄木の創作的エネルギーの渾身の放出であった。


啄木は、妹光子が帰った九月十四日から、妻に命じて「金銭出納簿」をつけさせた。節子は、啄木の亡くなった翌日、すなわち、明治四十五年四月十四日まで、こまかく忠実につけて居た。

この「金銭出納簿」は、現在市立函館図書館に所蔵されており、『石川啄木全集』には収められていないので、あまり知られていないが、幸いにも岩城之徳『啄木評伝』（學燈社、一九七六年）に収録されている。

啄木の妻節子のつけた、この「金銭出納簿」を見ていると、当時の啄木一家の生活の惨状が、まざまざと鬼気迫る感じである。

啄木は明治四十四年最後の十二月三十一日の日記の冒頭に「残金一円十三銭五厘」と一

行書いたあと、思い直したように一行あけて、短かい三行の文章を続けている。
「今日は面倒なかけとりは私が出て申訳をした。
夕方が八度二分
百八の鐘をきいて寝る。」

この十二月は、社から十二月分の給料を前借し、質入れを三回もし、月半ば過ぎには、特別に社に頼んで、一月分の給料二十七円を前借りしてしのいだ。それでも十二月末には、わずか「一円十三銭五厘」しか残っていなかったのである。

年が明けて一月に入っての啄木一家は、収入のメドがまったく無かった。一月分の給料の前借は、十二月にもう借りてしまっていた。二月分の前借りは、二月一日にならないと出来ない。「金銭出納簿」上で見ると、一月の半ばには、息もつけない逼迫《ひっぱく》した生活状態になっていることを、数字が明らかに示している。手許に残金は、この「金銭出納簿」全体を通じて最低であり、翌日の生活のためのくりこし残金が、一円にも満たない日が、この「四銭」前後を埋めて十二日間も続いていく。

ちなみに、この当時の「四銭」は、ほぼ牛乳一本分の値段であった。(『値段の風俗史——明

治・大正・昭和』、朝日新聞社）

これはもはや飢餓状態であった。「金銭出納簿」のつけていない日が、一月には二日間あるが、これは、何も買えなかったか、買わなかったかのいずれかであろう。筆まめな啄木が、この月、日記を書いていない日が、十日間もあった。連日のように高熱に悩まされながら、熱を下げる薬も買えずに、病床に呻吟するのみの状態であったからであろう。

啄木の母が喀血し、相当重態の肺結核で、老体であるから、生命の危険があると医者に告げられたのは、一月二十三日であった。そして三月七日、啄木の死の一か月ほど前、六十六歳の生涯を閉じることになる。

こうした啄木一家の困窮の日々をはさむように、明治四十四（一九一一）年十二月三十一日の早朝から元旦にかけて、東京市電の六千人の労働者の、歴史的なストライキがたたかわれた。

東京の電車はこれまで、民営の東京鉄道会社の経営であったが、東京市に買収され、会社は明治四十四年八月一日に解散し、市営となった。その際、六千名の労働者に支払われるべき、会社解散にともなう慰労金の、不平等な配分が問題となり、ストライキに発展したものである。

この市電への買収をめぐっては、早くから東京鉄道会社の重役と、市会議員などが結託した利権あさりや、汚職のうわさなどがあり、長い間ゴタゴタして来た経過があった。鉄道の売却価格から割り出された、会社解散にともなう労働者への慰労金が、労働者の手に渡ったのは、当初の予想の半分にもならない金額であった。労働者の不満が、一挙に爆発したのは当然であった。


十二月三十一日早朝から元日にかけて、市内電車の労働者六千人の大ストライキとなった。年末、年始のもっとも多忙な時期に、当時、二百万人といわれた東京市民の、唯一の交通手段であった電車が、ピタリと止まったのである。社会的な影響は、はかり知れないものであった。

労働者側は、経済要求のほとんどを獲得して、ストライキは大きな勝利をおさめたのである。

ところで、この市電労働者は労働組合を持たなかった。「労働組合死刑法」といわれた、一九〇〇年制定の治安警察法が、組合の結成や活動を厳重に取り締ったためである。そこで労働者は、作業のための組織である組を単位として、委員を選び、この委員たちを代表として、各職場討議の要求と結論をもって、当局との団体交渉に送り出したのである。下から積み上げられた、こうした組織的な活動は、経営者の切り崩しや懐柔《かいじゅう》を許さず、また警察当局の隠微な脅しや弾圧にも屈せず、一人の脱落者も出さず、見事な団結の力でたたかい抜いたのである。

その組織活動は、まぎれもなく戦闘的で民主的な、階級制をもった労働組合の活動そのものであった。この闘争では、片山潜を中心とした社会主義者グループの指導と援助が、ストライキの勝利にとって欠かせない力を与えた点でも画期的なことであった。

要約していえば、市電労働者のストライキの勝利を保障したものは、要求を堅持した階級的労働者が、その要求実現のために、連帯と団結を強化してたたかった力であるといえよう。片山潜が、『日本の労働運動』（岩波文庫）の中で、「労働者階級の最も確かな勝利」（三八〇頁）と高く評価したのも、その点であったろう。

この市電労働者の闘いの意義を、もっとも深く、的確に、未来を含めて感じとったのは、明日食べる米さえ欠乏し、高熱にさらされていた病床の啄木であった。伝記的には、あと三か月の命となる、まさに死の床の啄木であったことは、それ自体感動的であった。一月二日と三日の啄木日記を次に引用する。

「一月二日

明治四十五年がストライキの中に来たといふ事は私の興味を惹《ひ》かないわけに行かなかつた。何だかそれが、保守主義者の好かない事のどん〳〵日本に起こつて来る前兆のやうで、私の頭は久し振に一志《ひとし》きり急がしかつた。

一月三日

市中の電車は二日から復旧した。万朝報によると、市民は皆交通の不便を忍んで罷業者に同情してゐる。それが徳富の国民新聞では、市民が皆罷業者の暴状に憤慨してゐることになつてゐる。小さな事件ながら私は面白いと思つた。

国民が、団結すれば勝つといふ事、多数は力なりといふ事を知つて来るのは、オオルド・ニッポンの眼からは無論危険極まる事とみえるに違ひない。」（傍線＝引用者）

私は、前述の傍線部分の言葉に、深く引きつけられ、強い感動を覚える。『啄木全集』の中で、こんな感動的な言葉との出合いはなかったように思った。死を三か月後に迎えねばならないはずの啄木の思想の、明るい最後の到達点として、それは、光を放っている、と思うがゆえである。

啄木一家の生活の窮状を見かねた、朝日新聞社の著名なジャーナリスト杉村楚人冠が、音頭をとって啄木救援の社内カンパを組織しており、近く集まった募金を届けに行くという手紙を受け取った啄木は、もっとも信頼し、敬愛してきた楚人冠への礼状の中に、やはり日記と同じような市電労働者のストライキ勝利の呼び起こした、深い感動を、次のように伝えずには居られなかった。

「東京の人々がストライキの中に迎へたといふ、何か不思議な使命を持つて来たやうな、暗示的な新年も、もう今日で第九日目になつてしまいました。」（一月九日）

「あの事件（「大逆事件」、引用者）を分水嶺にして段々と変って来たこの国の社会情調の姿を思ひ浮かべると、私はいつも自分では結論する事の出来ない深い考への底に突き落とされます。」（同前）

生活の窮乏や、闘病の苦しみを何一つ書かず、ひたすら市電労働者のストライキの勝利を喜び、日本の前途にも思いを馳せて、こうした文章を書いた、啄木の心の昂ぶりを思わずには居られない。

「国民が団結すれば勝つ」と啄木が、言葉を労働者ではなく、国民に拡げているのは、要求にもとづいて「団結すれば勝つ」ということを、国民全体の課題実現の方向について示したものであろう。

「多数は力なり」とは、世を変える力は「多数の力」であるという認識である。これは啄木自身にとっても新鮮な言葉であったに違いない。啄木が過去に抱いた観念的で、個人主義的な「一元二面観」が、どんなに誤まりであったか、自覚し得たかも知れない。それはまた、啄木が蓄積してきた無政府主義思想の革命論とも異なる社会変革の運動における基本認識といえるものであったろう。

これらの、一月三日の日記の言葉は、啄木にとって、きわめて重要な「連帯」の発見といえるものであった。啄木の思想形成では、この問題は、つねに後手《ごて》にまわっていた、といえる。

要求を堅持し、団結してたたかった、階級的な市電労働者のストライキの勝利によって、啄木は、「連帯」して、要求を阻む「敵」とたたかう具体的な姿を深く認識したことであろう。その「敵」と、要求をかかげてたたかう味方の団結した布陣の姿こそ、「連帯」であった。それは、階級的社会の矛盾を打開するものでもあった。現代の言葉でいえば、「多数者革命」に通ずるものであろう。

啄木の生前ついに陽の目を見なかった、画期的な評論「時代閉塞の現状――強権、純粋自然主義の最後及び明日の考察」において、啄木は、「強権」の内容を、神権的天皇・天皇制への批判を内在化させながら、あらたな「時代閉塞」の「敵」として深くとらえ直したのであった。この評論に続く課題は、この「敵」とどうたたかう布陣を構築するかという課題であったろう。そして、その「布陣」によって「時代閉塞の現状」を打開することであったろう。

俊敏な啄木は、もしかしたら、すでにその事を意識に思い浮かべていたかも知れないが、当時は実現することが出来なかったのである。

啄木が、一月三日の日記の中に記したのはまさにその「連帯」の発見であった。「連帯」とは、労働者の階級的団結というようにも、置き換えることも出来よう。そうだとすれば、啄木の発見した「連帯」とは、階級的労働者、労働組合における「団結」ともいえよう。

新しき明日の来るを信ずといふ
自分の言葉に
嘘はなけれど――

『悲しき玩具』の中の著名なこの歌の第三行末の表記号「――」は、作歌時点での啄木の明らかな逡巡を示していた。この逡巡の本質について、後代の啄木研究者や、短歌解説者の多くは、この啄木作品の第一行、第二行の思想を否定し、「――」の部分にためらいと絶望を見出していた。しかし、啄木の逡巡は、そうした方向ではなかった。啄木は、前述の一月三日の日記（傍線部分）によって、「――」の逡巡を自ら解明して見せたのだと、私は理解している。「連帯」の社会的力を発見できずに、薄くらがりの中を彷徨していたような啄木であった。啄木は、後代の人たちの、さまざまな「――」部分への「解」を遠望したかのように、この時点で、あざやかな「自歌自註」をしたといえる。いはばこの表記「――」は、「連帯」探求の旗印だったのである。

東京市電労働者のストライキの勝利によって、啄木は「連帯」を発見し、これまでの啄木のかかえて来た、思想上、表現上の欠落点、不十分さを、きっぱりと解明するものとなった。必然的に、啄木の労働者に対する認識も大きく発展したということが出来る。

長詩「墓碑銘」に造型された先駆的な労働者も、啄木の命がもう少しあったら、「今日は五月一日なり、われらの日なり」は、必らずや「われらは連帯し、未来をつくる」と続くフレーズを考えたのではなかろうかと、私の夢想は飛ぶのである。

「連帯」の発見

「国民が団結すれば勝つ」
「多数は力なり」

この言葉は断言的、断定的なもの言いで
誰かに向かって言って居る
　もちろん、まずは自分に向かって——

このフレーズを書く時、
啄木は、まず、息をととのえたであろう
この語句に力があり、確信がこもる。

他の文脈と、息のし具合が違う
啄木は、死の床で一人宣言している
まずは、自分に向かって、
そして、すべての人に向かって――

それは、行動のうながしを含み
それは、未来を見ていよう
日記の中の連続した一文節と
読むのは誤まりであろう。

啄木がこのフレーズを書く時、
キッとした眼を未来に見開いていただろう。
死を間近かにした　病者の眼などではなく。

歌をかき、評論をかき、
探し求めていた「連帯」の発見！
啄木の心が躍らないはずはない！

この断言的フレーズと、それに続く言葉には呼吸の差がある。
私は、実物の日記が見たい――そしてたしかめたい、死の三か月前――これほどの言葉を書く前と書いたあとの呼吸の差を見とどけたい。
「敵」を発見し、「敵」とたたかう、この「連帯」の発見は、啄木の求めて来た深い思想上の課題であったと思うからである。

議会制度に深い関心を持ち、
生活を発見し、国家を発見し、
そして、時代閉塞の敵を鋭く明らかにして来た。

そして、その敵とたたかう「連帯」を発見した。
啄木が生きていたら、さらに前へ進むために、何を発見し得たであろうか。
「敵」とたたかう「連帯」の発見！
かけがえもない、その発見は
偉大であった。

（二〇二一・九・五）

あとがき

本書は、コロナ禍のはじまる前年頃から書きはじめ、ようやく終わったものです。

啄木についての関心は、短くない歳月の間、私は、濃淡さまざまの形でもち続け、書き続けてきました。何か大きな課題をすえながら、それにそって探求を続ける、といった研究者としての当然のあり方ではなく、私の場合はいわば、その時どきの自分の関心を追う、といったものでした。

それにしても、啄木についての私の書いてきたものを積み上げるならば、それは高くならないで、地に平べったく拡散するばかりだ、と思ったりしました。それでも、拡散するばかりと思っていた私の啄木論も、そうばかりでなく、中心柱があって、それをめぐって書いて来たと思えるようになりました。それは、啄木の思想的発展といった柱でした。

私は本書の中で、啄木における労働者性といったことを明らかにしたいと思いました。そのために、「工場法」と「ストライキ」をそれぞれの部立てとして、啄木の労働者観とその到達点を明らかにしようと思いました。石川啄木と労働者といった〝妙な〟とり合わせの先行研究は、残念ながら、私の目にはほとんどふれませんでした。私はいささかの気負いを持ちながら、本書を書いたことを思います。

本書は、多くの浅学の啄木研究に支えられたことを深く感謝したいと思います。

また、本書出版に当り、新船海三郎さんをはじめ、本の泉社の皆さんにいろいろお世話になりました事を、あらためて感謝する次第です。

二〇二三年三月五日

我孫子にて　　雁田のぼる

碓田 のぼる（うすだ のぼる）
一九二八年生まれ。歌人。渡辺順三に師事。新日本歌人協会代表幹事など歴任。国際啄木学会、日本民主主義文学会会員。主な歌集に『花どき』で第十回多喜二・百合子賞受賞（一九七八年）。歌集に『歴史』『信濃』『星の陣』。評論集に『渡辺順三研究』『火を継ぐもの：回想の歌人たち』『団結すれば勝つ、と啄木はいう：石川啄木の生涯と思想』『石川啄木と石上露子その同時代性と位相』『啄木断章』『一九三〇年代「教労運動」とその歌人たち』（正・続）など。

石《いし》川《かわ》啄《たく》木《ぼく》と労《ろう》働《どう》者《しゃ》
――「工《こう》場《じょう》法《ほう》」とストライキをめぐり

二〇二三年五月一六日　第一刷発行

著　者　碓田のぼる
発行者　浜田和子
発行所　株式会社 本の泉社
〒112－0005
東京都文京区水道二－一〇－九 板倉ビル2F
Tel 03（5810）1581
FAX 03（5810）1582

印刷製本　新日本印刷株式会社

ISBN 978-4-7807-2240-6 C0095 Printed in Japan